穗子的动物园

严歌苓·著

人民文学出版社

图书在版编目(CIP)数据

穗子的动物园/严歌苓著. —北京:人民文学出版社,2019(2020.7 重印)
ISBN 978-7-02-015136-3

Ⅰ. ①穗… Ⅱ. ①严… Ⅲ. ①散文集—中国—当代②短篇小说—小说集—中国—当代Ⅳ. ①I217.2

中国版本图书馆 CIP 数据核字(2019)第 058976 号

责任编辑 刘 稚
装帧设计 刘 远
责任校对 杨益民
责任印制 任 祎

出版发行 人民文学出版社
社 址 北京市朝内大街 166 号
邮政编码 100705
网 址 http://www.rw-cn.com

印 刷 三河市中晟雅豪印务有限公司
经 销 全国新华书店等

字 数 140 千字
开 本 787 毫米×1092 毫米 1/32
印 张 9.625 插页 14
印 数 40001—45000
版 次 2019 年 8 月北京第 1 版
印 次 2020 年 7 月第 4 次印刷

书 号 978-7-02-015136-3
定 价 58.00 元

动物园的穗子

目录

布拉吉和小黄

穗子的动物园

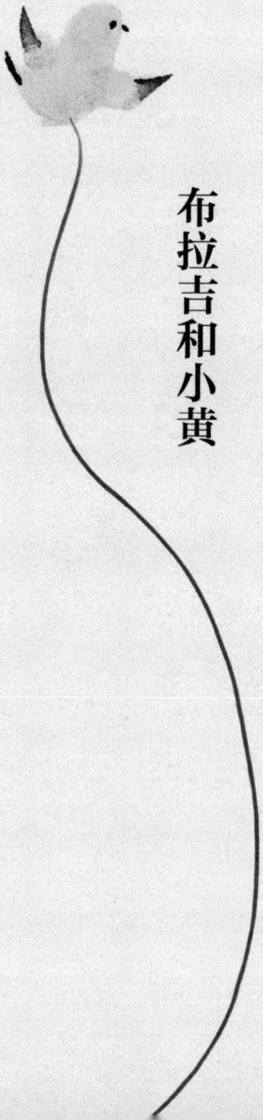

童年我有一条裙子，白底色，上面布满红色和蓝色的降落伞。式样是肩膀上两根带子，前胸和后背各露一块可观的面积，很像现在性感女子的太阳裙。只是孩子的我不图性感，只图风凉。母亲那时常常巡回演出，乘火车的时间多，就在火车上为我缝制了这条裙子。式样是从一本书的插图中看来的，妈妈不叫它连衣裙，而管它叫“布拉吉”（俄语连衣裙）。布拉吉的原型出现在《白夜》的女主人公纳斯金卡身上，那是妈妈最初的灵感。等妈妈把裙子放在我身上比画时，裙子底边还没收工。底边留出三寸，然后对折过去，两根肩带的长度也留得富余，余出的尺寸缝在背心里面，都是为我即将长高的个头预留的尺寸；我一年年长高，底边可以逐渐放出，肩带也可以一年年放长。那个年代，我们很少穿合身的衣服，不是太大，就已经太小，有时还没等把预留的尺寸放完，布料已经破旧。带红蓝降落伞的太阳裙让我在孩子群里显得出众，让我巴望每一天都炎热，巴望一年四季都是夏天。

这年的夏天，红蓝降落伞的太阳裙已经放出了全部底边，肩带预留的尺度也都用上了，红色降落伞变得粉红，蓝色也褪成浅蓝，棉布被摩擦洗涤，薄如绢纱，但它依然让我出风头，依然惹得女孩们羡慕。我穿着这条心爱的裙子跟着父亲去郊区打猎。荤菜稀缺的年代，父亲一杆气枪常给餐桌带来惊喜。斑鸠、鸽子、野兔，经外婆的手都能成席，一只野鸡炖一大盆汤，多放生姜，再切几片咸肉一同炖，就去除了野物固有的膻腥。因此打猎解决了父亲的玩儿性，也解决了我成长期的营养。

我父亲是个多面手，童年读天主教会小学，开始学小提琴，但最终被神父判决为听力五音不全，拉琴玩玩儿可以，但一生只能做音乐票友。升入中学，他玩儿起美术，被另一个神父发现了他的绘画天才，于是转行主修美术，毕业后顺理成章考入同济大学建筑系。不过那时最让他忙碌的，是一份不为人知的事业，叫作共产主义。父亲天资超高，什么都玩玩就玩出样子来，但他对共产主义，却是毫无玩心的，是准备抛头颅洒热血的。父亲在抗战尾声加入共产党地下组织，时年十六岁。同济一年，他课上不如课下忙，忙着在学生中发展党团员，忙着组织罢课，忙着带队游行示威，终于暴露了身份。满街呼啸着拉笛的警车，其中有一辆就是奔我父亲来的。于是组织上紧急转移他去苏北解放区。可能就在苏北，他开始热衷射击和骑马，马术和枪法都接近优等。他骑着白色战马，身背盒子炮，跟随解放大军进入上海的帅气，他的表姨（我称呼新闻路婆婆）亲眼见证过。根据他这位表姨的回忆，父亲暴露了地下党身份后，在她家躲避抓捕，而撤离上海的指示是临时得到的，得到指示也得秘密离开表姨家，因此在他逃跑准备就绪的当口，表姨问他：“奥弟啊（父亲乳名），侬明早想吃啥个小菜？”为了稳住表姨，他信口点菜，说想吃红烧蹄髈。那时上海什么都涨价，一只红烧蹄髈要变卖家当。等表姨典当了家当，买来了蹄髈，红烧了它，这个表外甥却不见了。表姨舍不得自己和孩子享受蹄髈，留在砂锅里，凉了热，热了又凉，等了表外甥许多天，蹄髈早就炖化了。所以当表姨看到表外甥骑着白马进城，头一句话喊的是：“奥弟，蹄髈！”我估计那是我父亲一生中最后一次骑马。现在来看，那时年仅二十岁的父亲，已经五种技艺在身，学什么对于他都是玩儿，都玩儿得风流潇洒。跟我一样，他的文学才能是偶然发现的，也是由于战争而自我发掘的。他在一九五三年参加祖国人民慰问团去了朝鲜，战争的残酷，生命的脆弱，让他感到画笔对于他想表达的，太局限了，于是他第一次产生了写作的冲动。发表了几个短篇之后，就招来了批判，他最好的一个短篇叫《无词的歌》（一九八二年被我改编成电影剧本，由上海电影制片厂拍摄，更名为《心弦》，我好讨厌这个矫情的名字），被批判为“宣扬战争恐怖”，因而从他的小说集中被剔除出去。到了一九六七、六八年，父亲的前几项技艺都撂荒：马肯定是没得骑了，楼房肯定也是不能设计了，小说就更不能写，而提琴呢，他一开弓就是舒曼、圣桑、舒伯特，军代表、工宣队虽然听不懂，但听得出它们的洋气，那年头洋气的东西就要让领导阶级不高兴的。绘画倒是可以，但满眼的画面中，主人公个个赤红脸、大瞪眼、提拳扎把式，不太符合教会学校给父亲灌输的审美观。就剩下打猎一项，能让他复辟一下公子哥的生活方式。

回到打猎的这一天。我穿最心爱的裙子跟在爸爸后面，进入了杂树林。树林围着一口池塘，林子里鸟语如歌。现在想来爸爸是野蛮的，被他沿袭的贵族游戏——打猎，也是野蛮的。野蛮在于他们对于生态、环保、野生动物保护等等概念完全无知，也在于他们以嗜杀表现雄性的骁勇和彪悍。对于人为猎杀会造成的物种非自然淘汰，以及某些物种的灭绝，他们毫无概念，因而毫不忧虑，这就是野蛮。告别饥饿是走向文明的第一步，爸爸从事野蛮猎杀，只为达到这文明的第一步，这种悖论现在来看多么无奈。爸爸在肩膀上架起猎枪，很帅的，一只眼睛眯起……枪响了，不远处一只美丽的黄色羽毛的鸟扑棱着翅膀，落到树枝上。在树枝上，它仍然奋力扑腾着翅膀，还活着！我跑了过去，抱起受伤的小鸟。小鸟一只翅膀中弹，血浸红了它半个身体。我用手绢把它包住，再用我的裙子为它做了个吊床。等父亲完成了那天的狩猎，拎着二十来只麻雀回家时，黄色的小鸟在我裙子的吊床里睡着了。

我含着眼泪，叫外婆救救小鸟。外婆开着动物急诊室，什么她都能救，小野猫从屋檐的破洞里掉下来，身上还带着半个没被母猫吃完的胎盘，她都能把小猫崽救活。外婆用钳子把一颗气枪子弹从小鸟的翅膀里钳出来，又给伤口涂了红汞，告诉我，假如一夜之后它还活着，小性命就算救下了。外婆更加心疼的是我布满降落伞的布拉吉，小鸟留下的血迹经她搓揉若干遍，本来已经薄得令人担心的布料几乎被搓穿了，血迹是淡了，但仍然依稀可辨。

当天晚上，外婆把二十来个麻雀用油煎了，喷上酱油和酒，再加一点糖，成了爸爸一碟下酒菜。爸爸给这道菜取了个名字，叫“袖珍铁扒鸡”。只要有这道菜，父亲总会叫上一两个跟他一样失意的朋友：被打倒的作家，靠边站的画家，一块儿喝几杯，打趣一番自身的狼狈处境。或狼或狈的朋友们坐在小方桌边，父亲却总是先想到我，夹起一个香味扑鼻的“袖珍铁扒鸡”送到我嘴边，平常我是会尝一两只的，但这天我拒绝了父亲筷子上的诱惑。黄色的小鸟卧在一只鞋盒里，鞋盒放在我膝盖上，麻雀和它是远亲，我不能一边为它疗伤，一边饕餮它的亲戚。我非但不吃“袖珍铁扒鸡”，还用仇恨的眼睛看着每一个吃它们连骨头都不吐的人：你们任人宰割，却弱肉强食地吃更弱小的生灵，哼！我的潜台词大致如此。

外婆对于各种动物已有许多土知识，但她也吃不准这只黄羽毛的美丽小鸟是什么品种，开始说它是鹦哥，后来又说它是黄鹂。孩子我朴素无华，就叫它小黄。小黄黄得绝了，人间肯定染不出那个黄来，正如人间又有谁能复制花和云霞的颜色？小黄的黄颜色那么明亮，又那么柔和，翅膀尖一道黑边，更衬出黄颜色的灿烂。

小黄活过了第一夜，第二夜，到了第三天，它开始喝水，吃小米和高粱米。外公把小黄放在一个圆形、底部平坦的篮子里，天花板上钉了个钉子，篮子就吊在钉子上。这是外公对猫咪设置的防盗措施，腊肉腊鱼他都这样吊在天花板下面。吊在篮子里，小黄就安全了。外婆家养了四五只猫，两只是野猫，它们在天花板上面有一个大家族，吃奶的小猫崽失足从破洞掉到外婆家屋檐下，外婆就把它们养起来驯化。开始野猫妈妈会来找孩子，在院子的墙上嚎叫，小野猫便在门内里应外合地应声，我问外婆为什么不把猫崽给野猫妈妈送回去，外婆说，她过去是送回去的，但很快发现院子里出现猫崽的残骸，往往被猫妈妈啃得只剩一个猫头。外婆说，野猫闻到自己孩子身上沾了人类气息，就会把孩了吃掉。我一直到今天都不知道为什么会是这样，也许那是野猫的家规，被人类收养过的猫崽被视为背叛者？好在家猫野猫在外婆家都一视同仁，外婆和外公眼里，凡是活物，都是他们的宝贝。尽管猫族和院子里养的下蛋鸡互不相扰，但一只野外来的小鸟，肯定挡不住猫们动凡心。小黄的伤一日好似一日，外婆在它腿上拴一根麻线，再把麻线系在篮子上，它已经可以围着篮子起飞，在空中抖搂几下翅膀，又落到篮子里。这可把猫们馋坏了。它们不动声色地卧在一边，从各个角度打量小黄，眼睛都是猎豹的，贼亮的眼珠里，细细瞳仁简直就是瞄准镜的十字准星，杀心就在它们冷冷的目光里，小黄起飞、着陆，往东、往西，它们的十字准星紧紧追踪，志在必得地终日守着这个会飞的山珍。不过小黄的飞翔本领一天天回归、完善，外婆把它腿上拴的麻线越放越长，我牵着麻线在房间里从一头跑到另一头，仿佛在放一个活风筝。到了这时，猫们已经死心，意识到它们不是长翅膀族类的对手。进入了秋天，我把小黄带到院子里，解开麻线，希望它不再做我的活风筝，而真正做

◆枪响了，不远处一只美丽的黄色羽毛的鸟扑棱着翅膀，落到树枝上。在树枝上，它仍然奋力扑腾着翅膀，还活着！我跑了过去，抱起受伤的小鸟。

一只自由的鸟。奇怪的是，没有了脚上的羁绊，它只在地上啄啄这里，啄啄那里，扑腾翅膀，也只飞半米高，又回到地上。也许被人喂养，胆子是依仗着人的，被彻底解放了，依仗业已成性，并不再向往更高更宽的去处。

秋风起，外婆把所有的夏天衣物都彻底洗晒，然后就要收箱。外婆在晾晒我心爱的降落伞布拉吉时说，可惜让鸟血搞脏了，不过没关系，明年还能再穿一夏天。

我外婆和外公的后院种了蓖麻、桑树、西红柿、丝瓜，以及许多种类的月季花，拉不了几根晾衣绳，所以这种换季的大洗大晒，就要搬到公共的大院子去。大院子周围一圈平房，中间一个洗衣台，几个自来水龙头，平房里住二十来户文联和作家协会的家属，院子里纵横拉着许多条铁丝，供二十几户人家当洗衣晒场。于是洗衣和晾晒就是家属们的交谊活动，传是非，攀比贫富，说媒拉纤包打听，都在这里进行。晾晒之物也是人们家境的写照，谁家晾晒了皮草，谁家有丝绵被，谁家的床单上净是补丁，都是家属们交谊活动的话题。黄昏时分，各家收衣物，外婆发现我的降落伞布拉吉不见了。她去挨家打招呼，看看谁家收错了衣服，给我们还回来。好多天过去，没人表示收错了衣服。这时我母亲才意识到，她做的那条惊世骇俗的布拉吉在人们眼里是遗失了的美，是爱美之人的秘密向往，一个或多个潜伏者对它一直以来是志在必得的。母亲暗暗自豪，却也暗自后怕，如此脱离大众审美而不自知。外婆很难过，怪罪自己把它晾晒到公共晒衣场。母亲却说，大家现在反正都穿军装，真的假的不管，军装最时髦，明年给女儿做件军装吧。

一九六九年，我最喜爱的一个女作家吞了一瓶安眠药，被抬到了医院，但医院没让她躺到病房里，把她放在走廊上。女作家进入了一种暂时难以判断的植物人状态，为了输液输氧排液的方便，医院脱光她的衣服，撩一下被单即可。被单被撩开来，常常又不盖回去，忘了或者懒得。两周的昏迷，她的裸身给多少猥琐的目光刮伤，事后没人忍心告诉她。我们一帮孩子都是喜欢这个作家阿姨的，于是轮流值班为她的尊严站岗，就在这段时间，我彻底疏忽了小黄。这天回到家，发现拴小黄的那根麻线从吊在空中的篮子上拖到地下，而小黄不见了踪影。外婆和外公恰巧都出门了，他们出门从来不关朝着后院的房门。我问外婆，小黄会是飞走了吗？说不定，外婆回答。会不会给猫吃了呢？外婆没有回答。四只猫卧在四个方向，四张扑克脸，个个心知肚明地打呼，才不让你看出，有关小黄它们一副牌揣了多久，最后出了什么牌。

外婆去世后，我被父母送到奶奶家。就在我当兵之前，我回到那个熟悉的大院，去看望我童年的朋友，顺便把当兵之后不好意思再玩的物事留给朋友们，比如糖纸集锦，做布娃娃的用料，编织小挂件的彩色玻璃丝。这天，我已经收到部队的复试通知，将要去北京复试，我看见大院的晒衣场晾出一条床单，中央打了一块补丁，布料正是白底带红蓝两色的降落伞。别人也有买同样布料的自由。等等，不对呀，那上面明明有依稀可辨的血迹。受伤的小黄，神秘失踪的小黄，都不是儿时梦幻；它真实地存在过。那些穿着美丽布拉吉的夏天真正存在过。我满可以埋伏到傍晚，伏击来收被单的人，看看到底是谁那么钟爱我童年的降落伞布拉吉，拆成碎布都不舍得扔，用整块床单把它们镶嵌起来。我最终没有鼓足勇气，也缺乏那点残酷和好奇心。

麻花儿

穗子的动物园

开始它没名字，名字是后来取的。一个楼的邻居大部分是东北人，养动物的也不止我们一家，所以都得有名字，不然出了纠纷难以裁判。比如人家上门告状，说那只麻花儿鸡是你家的吧？二号的麻老太晒的绿豆给它偷吃了。我家顾妈不认账，说麻老太把笸箩用绳子吊在树上晒豆子，我家鸡又不会上树！据说顾妈在爸爸和他两个姐姐还年少的时候，就来到我家被祖母聘用了。她来的时候一口扬州话，一生只说吴淞话的祖母，误把她的管姓听成了顾，解放后落户口，她便由“管翠莲”变成了“顾翠云”。

顾妈是扬州乡下人，泼辣，嗓门大，把家虎一只，带上海味的扬州话，吵架活色生香。她随着连年当优秀教师的奶奶从上海搬到父亲下放的马鞍山，跟一帮工人家属住在一起，自然生出几分优越感。母鸡上不了树，上了树就成凤凰了，顾妈的逻辑。她进一步抵赖：谁家的麻花儿鸡？我家没有带麻子的鸡。顾妈心想，我家的鸡哪里麻花？远不如楼下老太的脸麻花！一个楼的邻居都由顾妈重新命名；我们的楼一层四户，四层楼十六家人，每层四个门楼由一条公共的、半露天走廊串起，串门既方便，于是在顾妈的名册里就有了二号的麻皮老太，三号的大辫子……五号的驼背……七号的四只眼……告状者是十六号的葫芦头（**那一户好几个青皮葫芦头**），十二岁的葫芦头说，明明有人看见你家的麻花儿鸡飞到筛子上去啄绿豆的，二号的老太在楼下骂大街骂了一上午了。

麻花儿就此有了大名，再闯祸人家连名带姓骂上门来。邻居们早先从鞍山钢铁厂南迁过来，支持新创建的马鞍山钢铁厂，所以麻花的名字给钢铁工人的妻子和孩子们一叫，就是“麻花儿”。

麻花儿其实偏红色，只有披肩一般的颈毛下端带几圈隐隐的芦花纹路，翅膀尖是黑色，黑色上面也有一些斑纹，所以叫它麻花儿是有些勉强的。麻花儿是一只漂亮的母鸡，身材娇小，头翘尾翘，浑身没有一块多余的肉，极其紧凑干练，是一只喜鹊的线条。麻花儿最美的是它脑袋，头顶一撮红缨子，我姑且说它天生凤冠。这点它自己知道，所以很会炫美，看你的时候，左边那只眼瞥你一下，凤冠一甩，再用右边那只眼扫你一下。它不长不短的腿脚，走路步子玲珑，很闺秀气的，就那对翅膀长得出奇，上翘的翅尖，因此静态的它就有些像鸳鸯。因为它两只健硕而修长的翅膀，每天早上我们偷懒，直接把它从阳台上放飞。这是它最开心的一刻，总是咯咯咯欢叫着滑翔，尽量延长落地前的时间，享受由地禽升格为飞禽的错觉。麻花儿是只地道的母鸡，能生会养，一年只有两季，下蛋季和抱窝季。下蛋季的它每天下蛋，准时在下午三四点钟临盆。下蛋前它不管疯得多远都会急忙忙回家，咯咯咯地一步步跳上楼梯，顾妈听见它叫声就开门，它早已经给蛋憋成大红脸，进门便直奔西阳台上的草窝，一会儿工夫整个楼都能听见它报喜：咯咯哒，下完啦！咯咯咯咯哒！下蛋季一过，麻花儿就闹着抱窝，两只翅膀垂下来，翅尖拖地，用完全不同的一种声音叫，听上去是“咕……呜……咕……呜……”，有点像偶然落在窗台上的鸽子。我们全家都讨厌抱窝季的麻花儿，不仅吃白食，还不出去上厕所，西阳台上气味恶劣，谁都不敢随便踏脚。顾妈骂骂咧咧，每天用炉灰撒在阳台地面上，一簸箕一簸箕地把麻花儿的排泄物清理出去。那时十一岁的我，觉得闹抱窝的麻花儿有点可怜，想做母亲，可又没有准生证，着床的蛋也都落进了我们的肚子：随便它下多少蛋，都被我们急不可待地一只只地吃掉。那时的副食供应紧张，什么都要票，鸡蛋在黑市要两毛钱一只，爸爸下放原有的工资停发，我们一家一人领十八块生活费，两毛钱一个蛋，顾妈掏钱的时候手心直出汗。由此说来，麻花儿对我和哥哥的成长做出了重大的蛋白质贡献。哥哥后来长成一米八四的大个子，顾妈叫他大块头，军功章有麻花儿一半。

父亲下放马鞍山，在焦化厂劳动改造。每天晚上爸爸两鼻孔黑炭，脖子上缠一条据说早上出去还雪白的黑毛巾回家，拎一个饭盒，里面有时放着一份厂子里特供的油炸花生米。花生米是哥哥和我最爱吃的，他在工厂食堂碰上，就买一份回来。跟“文革”前坐写字台的父亲比较，他成了另一个父亲，很顾家，也谦卑本分。晚饭后，大家休息，他还要在二十五瓦的灯下给厂子的报刊栏画漫画。后来画漫画的天才让他从车间里彻底被解放出来，专供厂宣传科差使，需要画什么全归他。正画着漫画的父亲一听麻花儿出去惹祸，吃了工人阶级的豆子，要顾妈看紧点，人都夹着尾巴，一只鸡敢那么张着翅膀招摇？母亲也下放工厂做电焊工，提议不如就杀了麻花儿炖汤。顾妈坚决不同意，说杀了麻花儿，一天一个蛋谁来下？顾妈在我家很做主，我们都惧她三分，在邻居中，她也不像我们家其他长辈，做那个时代低头夹尾的知识分子，她可没有原罪意识：我是农民我怕谁。

顾妈代我们当了家，这事就此不议。

其实麻花儿活下来已属不易。跟它一窝的十个鸡雏就活了它一只。它的母亲我至今记得，也是特经活、特皮实的一条性命。麻花儿的妈妈是只黄母鸡，中西混血，婆家是夕阳种族，叫九斤黄，是外公从农学院买来的。有一次我玩穿珠子，把玻璃珠掉了一地。由于那时大米限量，黄母鸡终日吃糠咽菜，以为终于吃上一把米了，跟我抢地上的珠子，我的手指哪有它嘴啄得快？一把珠子大部分进了它的嗉子。叫来外婆，外婆扒开黄母鸡胸前的毛要我看：你作的什么孽？叫你别把珠子掉地上你不听！我隔着一层薄薄的鸡皮，能看见嗉子里一颗颗珠子的形状！外婆说，珠子是玻璃的，一会儿就会把黄母鸡的嗉子扎破，看明天谁给你下蛋吃。外婆看着黄母鸡开始出现不良反应，一会儿就趴在地上，嘴巴在水门汀上反复摩擦，如同剃头匠在荡刀布上荡刀。外婆想，反正它也是个死，不如死马当活马医。她拿来一把剪子，一根绳子，用绳子绑住鸡腿，再让我使劲捉住黄母鸡的翅膀，她摘下鸡胸上几根毛，点了根火柴把剪刀锋刃烧了烧，然后让我闭上眼，我只觉得黄母鸡叫声像个哭丧妇，翅膀在我两只儿童手的抓握中变得又烫又硬，并抖得可怕…… 睁开眼，外婆的开刀手术快结束了，正在用缝衣针给黄母鸡缝合嗉子上的裂口，然后再缝合外皮的裂口。地面上，二十多个玻璃珠。黄母鸡趴了几天窝，翻着灰白的眼，最终还是从窝里站起来，开始吃糠咽菜。

第二年春天，黄母鸡孵出了十个小鸡雏，一模一样的淡黄色，一模一样的毛茸茸，但最后就只活下来一只，就是麻花儿。外公和外婆家有个后院，后院种了三棵桑树，半亩青菜，一架丝瓜，丝瓜架下吊了蝈蝈笼子，住着两只据说过了一冬的蝈蝈。也不知什么时尚，孩子们流行养蚕，不时有孩子爬到屋顶上，用杆子够外公的桑叶，又一次居然把三棵桑树都剃光了头。学校都在写大字报，斗争老师，孩子们上房揭瓦，外公只好代为管教。他捉住两个偷桑叶的贼，拎到那时最高权威的军代表面前。之后不久的一天早晨，外公打开鸡笼，黄母鸡只带着一只小鸡走出来，就是麻花儿。那时麻花儿三个月，个子最小，大概被兄弟姐妹们挤到最后面，没抢着被下了毒的米饭。黄母鸡能幸免，因为它把难得的白米饭让给自己的孩子们吃。

麻花儿是外婆当礼物送给奶奶的。传递礼物的是我。外婆把麻花儿放在一个带盖子的竹篮里，很像是一份走亲戚的礼物。当时的麻花儿跟后来美丽的鸳鸯喜鹊型的小母鸡完全不同，它黄不黄红不红，成年羽毛长了一半，胎毛还没脱尽，正处于狼狈阶段，所以祖母见了它不知外婆什么意思。直到麻花儿一岁时，开始每天下一个粉粉的热乎乎的蛋，祖母才明白外婆的礼物有多珍贵。麻花儿是隔代混血儿，身材小巧的它下的蛋个头却返祖，跟西洋鸡蛋差不多大，两个蛋混着黄瓜片或蚕豆瓣抑或大白菜心，就能炒一大盘菜，够我和哥哥打一次牙祭。

那时运动很多，包括禁养动物运动。运动一来，对家畜说打就打。十多岁的孩子们反正在学校上不了几节课，闲得长毛，有什么给他们打打，就是狂欢节。孩子们扛着棍棒，那是给狗准备的，腰里别着弹弓，那是对付飞禽和地禽的。我家麻花儿是飞禽和地禽之间的族类，打急了就飞上树枝，红红的躲在槐树花后面，以为它就从打畜队视野里消失了。它不知道，一个神枪手的弹弓已经把它锁定，手指头宽的橡皮筋带着微微的抖颤被拉开来，子弹是一粒指甲盖大的石子……麻花儿在槐花后面，偏过头，用左眼打量一下满地喊打的少年们，又一甩顶戴红缨，再用右眼打量他们一番，懵懂地想：这些年轻的两足兽真不好惹，隔一阵总要找个冤家打一打……啪地一下，麻花儿感到右眼一阵滚烫，接着热流从眼眶里奔流而出。接下去，它发现自己的视野就剩了一半。剧烈的疼痛使麻花儿变成了一只真正的飞禽，它尖叫着飞翔起来，在一棵棵树之间飞翔……

钢铁工人的宿舍区一排排一模一样的红砖楼，白色门窗和阳台，太阳不出来都像是阳光明媚，太阳一出来简直就能拿它们给新社会做看图说话。我们家的楼建在山坡上，再隔两座楼就是一座不太高的山，叫雨山。雨山上在修防空洞，每天下午炸山，但麻花儿顾不了了，扑棱着长长的翅膀就上了山。两足的兽在速度上毕竟敌不过带翅的物种，麻花儿在如雨的弹弓子弹追逐中，最终消失在山坡上的松树林里。那是麻花儿第一次把蛋下在野地，也是第一次下了蛋装哑巴，一声不敢吭。

麻花儿下山的时候天擦黑，伤痛已经钝了。路灯阑珊，麻花儿把头偏向左，看着两足兽少年们的棍棒横过来了，架在他们还有成长空间的肩膀上，棍棒上吊着四足畜类和它的同类。少年们大战胜出，麻花儿目送凯旋之师远去，这才瑟缩着身体，碎步而行，腿脚都软了，非翅膀帮忙不能上楼，终于挨到了家门口。

那晚我们全家都放弃了希望。闷闷地开晚饭，闷闷地念想起麻花儿的好处。对于麻花儿，我们都感到太漠视它的智商和情商，为什么不让麻花儿做一回母亲？麻花儿一定会是个好母亲，会带出一群好孩子，说不定是一群像麻花儿一样能生会养的鸡娃子，那我们就从此结束买黑市鸡蛋的吃亏交易。就算禁养运动到来，十只鸡总不会统统死于棍棒之下，总会留几个幸存者，而麻花儿这天就不至于成为唯一的靶子。现在晚了，麻花儿不知已做了谁家的佳肴，那年头，吃一只鸡可了得。饭桌上没人说话，但我觉得大家心里都闹哄哄地在后悔。门外的咕咕声打断了餐桌上的默哀。我们喜出望外地对视一眼，确认都听见了而不是幻觉，然后我从凳子上一跃而起，打开大门。

走进来的麻花儿把我们都惊呆了：一只眼球挂在麻花儿的腮帮，被一根不明的纤维牵连着，晃荡着，血已经黑了，浸染了它带斑纹的披肩，可以说它一半是披着自己的血。顾妈来到它面前，不动了，似乎此刻的麻花儿是个很棘手的事物。大家都无语，看她终于把麻花儿抱起，来到灯下。那脱离眼眶的眼珠已有些干瘪，但我相信那最后令它恐惧的场面一定被摄入其中，那最后的蓝天白云、绿树百花一定也映照在上面。顾妈用剪子轻而易举就剪下了那根连接着眼球和眼眶的不知名堂的纤维，眼珠小小的待在顾妈的手心，显然从此不再看得见草上的花、草下的虫、地上的米、盆里的水，以及它自己从来没有孵出过儿女的蛋。顾妈用红药水在麻花儿原本是眼睛的地方涂抹了一下。这么美的麻花儿，就此成了独眼龙。

◆ 我家顾妈不认账，说麻老太把箟箩用绳子吊在树上晒豆子，我家鸡又不会上树！

运动正值高潮，外面天天传来喊打声，麻花儿就只能待在阳台上，照样每天下蛋，每天自豪地高歌它的产量。它有时被允许进到屋里来走走，它咕咕地自语着，用它的独眼各屋巡视。那顶凤冠仍然华丽，看你时还是偏着脸左眼看看，再一甩红缨子，把空瘪的右眼眶朝你扫一下，毫无必要，只不过习惯使然。

正如祖母预见，凡是运动，都是有始有终，过一阵大家腻味了，兴致冷了，自然也就终了了。没过几个月，邻里就又出现了家禽家畜，天上的鸽子哨音婉转，地上的鸡鸭咕咕嘎嘎，只要一看见街口出现带棒子的身影，各家男女老少就唤各家的动物们回家。所以给动物们取名此刻彰显出格外的重要性。

麻花儿断趾是它自己的错。一批说是为建防空洞的砖头堆在楼下大半年，孩子们用来搭碉堡、筑城墙，三国演义了好几轮，砖仍然堆在那里。砖缝里，蛐蛐都开始安家立业，百脚虫也开始娶妻生子。麻花儿就是追踪一条百脚虫进了砖堆。一条成年百脚虫对于久不见荤的麻花儿可是大菜，它决不放弃地用脚刨、用嘴啄，最后砖头垮塌了，砸在它脚上。在周围玩耍的儿童们听见麻花儿的惨嚎，赶过去，把砖挪开。麻花儿的两根足趾被砸扁了。从此，麻花儿不仅独眼，还是翘脚。

我当兵四年才得到第一次探家假期。家里没有了麻花儿的身影，问起来，妈妈说奶奶去世后，顾妈回了扬州老家，谁管得了家里的动物呢？我没再接下去问了，不问也知道。那是中国食品最贫乏的时候，妈妈一定把麻花儿拆整为零，咽下到肚子里去缅怀了。麻花儿的肉体一定被做成了一锅好汤，那汤的滋味一定不同寻常的鲜美，因为麻花儿经历了那么多生育的喜悦，那么多疼痛和惊吓，那么多次逃亡，那么多的伤痛，邻里常常在凌晨听到几只雄鸡啼鸣，也许它还暗暗害过思乡病也未可知，那些有趣的、强烈的经历都会增加它的滋味，那汤的滋味。

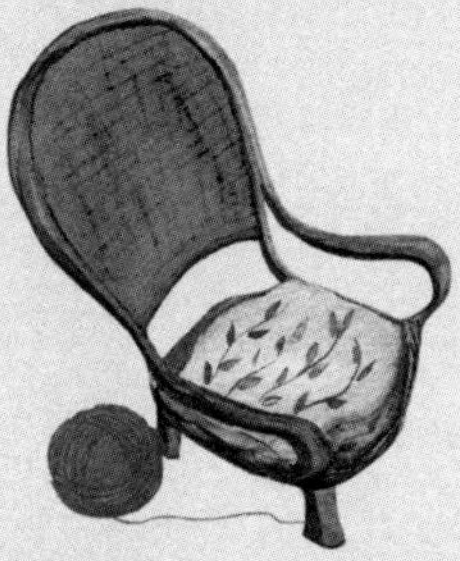

穗子的动物园

礼物

我外婆跟我祖母从来没见过面，她们之间却礼物不断。

住在安徽合肥的外婆常常给住在上海的祖母送礼，腊肉、腊鸭、咸蛋，都是花功夫搭时间精心制作的。祖母也送过几块衣料给外婆，其中有一块丝绒，两块锦缎。那块丈把长的丝绒真是好看，触感绝了，如同最温柔的歌喉唱出的旋律，触摸着你裸露的知觉。后来我在洛杉矶的亨廷顿图书馆看到名画《蓝衣少年》，那少年穿的蓝衣，就是那种深邃柔情的蓝。但你若把那块蓝丝绒拿起来，对着光一看，就坏事了：蓝丝绒成了夜空，光线穿过无数细小的虫眼，看上去繁星满天。

丝绒是我姑姑离开上海去台湾之前留给祖母的。姑姑留下的东西够开一个精品店。

她和姑父去台湾是一九四九年春天，告诉祖母他们来年的阴历年会回到上海过，所以她把大半个家都留给了祖母。谁也没料到那就是姑姑和祖母的生离死别。一年年的等待，人是耐心的，虫子却很繁忙，在丝绒上化蝶、产虾，一代代繁衍生息。细想起来，虫吃丝绒也没什么不对，纺成丝绒的丝最初是由那种叫作桑蚕的虫子吐出的，最终由另一些虫吃下去，也是一次次蜕变，终将也要破茧成蛾，也是一个个轮回往复。

直到长辈们突然发现，做件新衣是很奢华的事，祖母才启开姑姑留下的箱子。因为姑父是美国培养的第一代国军飞行员，去台湾之前已经是飞行中校，所以箱子里盛满舶来品，香港衣料、美国毛线、法国香水，还有口红、蔻丹，最让我难忘的是那些蕾丝花边，它们好看得要命，极致地精细，我六七岁的手一上去就显得粗坯。

它们质地似虚似实，一触即化，慢说当年，就是放到现在，也都是华伦天奴水平。童年的我，只要祖母一背身，马上就拉开五斗橱抽屉，翻出一件件精品，为了向自己证明，那种充满精品的生活确实在这所房子里存在过，而且，隔着海峡，它也正与我们买大米搭红薯干的生活平行地存在着。我记得那个深红色的皮匣子，里面有十多个小格，每个小格放着一瓶指甲蔻丹，是各种色调的红色，从深红到浅粉……当我的猎奇探险更深入一步时，我将小瓶子拧开后，发现瓶中的液体已经固化。祖母把所有的香水都送给了我母亲。香水都盛放在水晶瓶子里，在母亲的衣柜里一年年地蒸发，香水的颜色由浅而深，最后色如琥珀。母亲从来不舍得用它们，也许觉得那种芬芳是与大众为敌，所以她把它们一直深藏，像藏闺中秘宝。一九八〇年代末，我留学美国之前，她把一个颇大的水晶瓶隆重地送给了我，盛装在里面的液体色泽更陈了，四分之三已经挥发出去。也是啊，离姑姑远行，已经四十年了。我打开瓶盖，曾经曼妙的香气早就哈了。

外婆并不嫌弃繁星满天的蓝丝绒，很快将它做了件棉袄罩衫，过年过节才舍得穿。剩下的丝绒还够给当时八九岁的我裁两条裤子，于是我在满街叱咤着红卫兵的年代，穿着哆哆嗦嗦的蓝丝绒裤子，很不合时宜、很文不对题地出没在红海洋里。

祖母是“文革”初始搬到马鞍山的。那时她退了休，工资减半，那点钱在工人聚集的马鞍山似乎还算经花，但在上海，日子过起来就有些吃力。她经历了多场命运变迁，预感到有一场大风暴即将来临，把家人聚拢到一起要安全些。就在她搬家之前，清理家底，决定送几块衣料给外婆。

外婆跟祖母比，是地道的劳动人民。劳动人民可爱之处，是受不得人家好处，你跟外婆说，君子报恩十年也不晚，而劳动人民的外婆宁肯不做君子，也要马上还祖母一份厚礼。各种吃食打点出好几堆：自家磨的水墨年糕粉、小磨芝麻油、腊鸭咸鱼、柿饼大枣，还有一饭盒用花椒桂皮熬炼的猪油，年关将近了嘛。就这样，外婆还是觉得礼轻，就从家里的四只猫仔中挑了最乖觉、最茁实的一只放在竹篮里。猫仔的三只脚上襻了一根布绳子，只有一只脚是完全自由的，火车上它即便跳出竹篮，也跑不快。外婆让我和爸爸把这件会动会叫的礼物带给祖母。外婆给这只四个月猫龄的猫仔取名叫花花。其他几个也是差不多的花色，都是白底灰花，灰色里嵌着些深色条纹，没什么独特，寻常人家的小畜而已，只有外婆看得如掌上明珠。

花花的名字一离开外婆家就被忽略了。到了祖母家，它就叫猫咪，可见那不被重视的程度；给任何动物命名，其实是一种仪式，登记下它作为一个生命出现的偶然性，作为个体存在的唯一性，尽管外婆并没有意识到这点。外婆这么做凭的是她对万物平等看待的平常心。

我祖母是个知识分子，从小私塾公学都念过，任教几十年。她生性十分清淡，退休后除了读书读报，就是织毛活。姑姑留下的毛线被虫子啃断，通过祖母的手衔接起来，逐渐出现在哥哥和我身上。所以我和哥哥所有的毛衣都是各种颜色的海魂衫，因为毛线是一段段接起来的。她唯一的消遣就是一副牌九，抽烟玩牌九的祖母那么怡然自得，与世无争。祖母年轻时是个美人，五六十岁还洁白清秀，气质里有种远淡，使周围人不敢太亲近。她一张鹅蛋形的脸，鼻子挺直，嘴唇一看就属于沉默者。到我记事的时候，她那两道弯弯的蛾眉已褪色，所以她出门前总要描一描，鹅蛋脸上薄薄扑一层粉。祖母是好看的，但她的字比她人还漂亮，姑姑至今藏着祖母给她写的几十封家书，那一笔小楷，足以给我当帖子临摹。她生于吴淞的绅士人家，因此一口吴淞话，慢声细语，从不和邻居搭讪，即便搭讪谁也听不懂。她到了六十多岁的时候，生活给她做减法做得不剩多少节目了，一日三餐，每餐后抽一根烟，织几圈毛线，斗几副牌，任何费功夫的事，她都说："烦来，让它去吧。"靠南阳台的窗内，摆一张从上海搬来的小圆桌，桌子工料都好，上面盖一块白色抽纱台布，再压一块玻璃板。祖母坐在圆桌前的藤椅上，读书读报，织绒线或玩牌九，任何事她做起来，都有了几分禅意。若是顾妈告诉她，藤椅破了，该找人来补一补，她便淡淡地说，烦来，让它去。

桌面和桌腿之间，有一道横隔板，猫咪就爱坐在那里。

祖母头一眼见到猫咪是吓了一跳：她是那种见了动物绕道走的人，出于惧怕也出于嫌弃。然后她看着父亲，意思是“亏你想得出来！”父亲说猫咪是外婆的礼物，祖母不语了，她的斯文让她永远不说亲家母的坏话。她是真发了愁，说这以后多麻烦呀，又要吃又要撒，多出多少事体来呀？不久祖母承认，猫咪不仅仅是麻烦，它还是能派些用场的，一夜消灭好几只蟑螂，家里的蟑螂明显地少下去。猫咪捕蟑螂的时候非常好看。它先把身体趴得低低的，尾巴亢奋地直颤，下巴几乎搁在地面上，眼睛如通了电，成了两盏小型探照灯，藏在胸脯下的前爪还微微地快速搓动，像在摩拳擦掌，蟑螂越近它身体便压得越低，眼睛也瞪得越大……然后，一个闪电，出击，在冲刺尽头突然跃起，前爪由上方落下，准准拍在蟑螂身上，再抬起爪子，歪着头看地上那肥大的蟑螂扁平了，满腹膏脂都被它拍出来了。然后它也嫌恶心，掉头走开。我看明白了，它的突然跃起是为了增加最后那一拍的力度，等于把它整个分量都砸下去。那蟑螂的尸体还能看吗？

猫咪和祖母最开始是桥归桥，路归路，谁也不惹谁。猫咪实在无聊，发现祖母织毛线的线团在笸箩里一动一动，似乎可做玩物。它试探着上去，前爪挠挠，线团动静大了一点，于是它就像捕猎蟑螂那样，退后若干步，猫下腰，摩拳擦掌一番，突然蹿出，对着线团又蹦又跳，不亦乐乎时还把线团抱在四爪之间盘弄，像杂技团蹬坛子节目。祖母就这点好，温和得跟猫也不发脾气，只是轻声对猫咪说：侬当我在跟侬白相啊？或说，白相可以的，咬就不可以了，哦？猫咪好像听懂了，从来不下嘴咬毛线团。从此猫咪单方面把祖母认作玩伴。祖母推牌九，推一张牌，桌布动一动，它蹲在桌布下，爪子再把桌布打回去，祖母再推一张牌，桌布再动，它再打回，这样它认为祖母一来一回地在跟它过招，这就成了它单调无聊生活中的游戏。祖母有时会自语：啥人跟你白相？没人跟侬白相，台布抓坏了，我要请侬吃生活的（吃生活，上海话惩罚的意思）…… 祖母一生没有给任何人吃过生活。

真正在意猫咪的是顾妈。猫咪来了不到一年，家里一个老鼠、一个蟑螂都没了，这一点顾妈顶看重。有猫咪和没有猫咪，在顾妈眼里一个史前，一个史后，文明程度有区别的。米缸里再也没有老鼠粪便，猫咪这是什么贡献？ 顾妈心里一杆秤。所以顾妈很舍得给它吃。菜市场有个卖毛毛鱼的小贩，顾妈三分钱买三四十条鱼苗，放在一张荷叶上拿回来，放在一个罐头盒子里炖，炖出一罐白白的汤，顾妈连鱼带汤给猫咪拌上半钵子米饭，猫咪吃起来，美得耳朵尖直哆嗦。猫在顾妈炖鱼的时候，娇滴滴地喵喵着，身体酥软半边似的，在顾妈裤腿上蹭来蹭去，顾妈便骂骂咧咧地说：骨头轻吧？ 轻得来——没骨头了是吧？…… 等钵子往地上一放，猫咪饿虎一般上去，顾妈又是骂骂咧咧：噎死你！ 烫死你！慢一点！ 啥人跟你抢啊？！ 猫咪原谅顾妈，光要她的宠爱不行，必须连同她的骂骂咧咧一块儿要。我们一叫“饿死了快开饭”，顾妈也是一样的骂：饿死了，饿死了，死了还叫？死了还这样一头臭汗？！

又过了一年，外婆的礼物又来了，是一只小母鸡，叫麻花儿。猫咪从麻花儿到达的那一刻脑子就没闲着过：这只叽叽喳喳、到处拉撒的东西身量不大，只要一下扑倒，咬住脖子，就可以让它闭嘴了……可以分两顿吃它，腿肉先吃……不过猫咪并不着急接近小母鸡，而是趴在一边观察。祖母知道它在打小母鸡的主意，劝它道：不可以的啊，这只鸡将来会生蛋的啊，生了蛋侬也可以吃的呀。不知道是祖母把猫咪教育好了，还是麻花儿太厉害，猫咪稍微接近它，它就恶人先告状，咯咯咯地扇翅膀，还做斗鸡状，双脚蹬地，身上羽毛爹立起来，胎毛还没褪尽的秃翅膀支棱起来，一只鸡顿时有两只的体积。猫咪看着它：别自作多情了，谁要碰你啊？它往凳子上一跳，本来就不是同一条地平线了，你这卵孵类，我们哺乳类不跟你一般见识。猫咪半闭上眼，此刻是一只吃饱了的老虎，送只凤凰来都懒得动。小母鸡麻花儿咯咯咯地拉撒圈地，猫咪不屑地打呼噜，让小母鸡明白，你这个连厕所都不会上的东西，也就配我拿眼缝瞄瞄你。

此后，猫咪和麻花儿基本是井水不犯河水，除了麻花儿跳到猫咪的食钵上抢食饭粒，猫咪露出虎脸，呵斥它一下。再说麻花儿整日在外面野，猫咪跟祖母一样，一年四季宅在家里，最多在阳台上坐坐，扑一两只蝴蝶。一次来了几只傻鸟，在阳台的水泥栏杆上叽喳蹦跳，猫咪觉得这太讽刺了，不扑上去白为一世猫咪，于是它一个漂亮的鱼跃，从窗内直接跃上栏杆，傻鸟不一会儿就剩下一小堆毛和几滴血，刽子手猫咪嘴上爪子上半点血迹也没有，眯着眼睛舔舌头：味道还行。

到我当兵的时候，猫咪的神态和动态都跟祖母很相像了。它像祖母一样恬淡自如，没什么事能惊动它，没谁能让它受宠若惊，你叫它：猫咪，过来！它白你一眼，叫谁呢，才不过来。只有祖母能支得动它：猫咪，去，隔壁张家请你帮忙捉老鼠。猫咪是一个楼人家的猫咪，常常被借到邻居家去除害。大米越来越金贵，十斤大米要配搭两斤山芋干或者玉米面，运气最好的是配搭高粱米，高粱米和大米相掺，煮出的饭很香。邻居们的孩子常常捧一大碗掺高粱的米饭，拌上酱油和猪油，黑乎乎的往嘴里狂扒。米的金贵越发体现出耗子的可恶，也越发体现猫咪的重要。

黑市也越发昌盛。常常睡得迷蒙时，听见黑市开到我家里来了：十斤高粱米换两斤大米，十斤粮票换一斤香油……什么五花八门的原始交易都有，据说黑市大米卖到了五六毛钱一斤，而正在长身体的哥哥一天可以吃两斤大米。父亲的政治面貌进一步恶化，工厂下放已经不足以改造他，于是就给他来个下放的下放，从工厂下放到淮北农村，工作是修水坝。这就意味着他收入进一步缩水，顾妈连三分钱的毛毛鱼都不舍得买了，跟鱼贩子求来他剖鱼扔出的鱼肚杂。猫咪开始吃不惯，但饿了两餐就认命了。原来人和畜认命的速度都差不多，日子降级升级都是很快过得惯的。馋急了的猫咪犯过一次浑，跳到餐桌上叼走一条红烧鲫鱼，让顾妈抄起筷子抽了一下，并骂道：活回去了？！小时候都不偷嘴！打死你！它自尊心受不了，躲到父母的大床下面赌气，谁都叫不出来，用手电筒照照，发现它卧在长毛的灰尘里，耷拉着脑袋，眯着眼睛，嘴里呼噜呼噜的，念经或者诅咒。最后大家惊动了祖母，祖母困难地下蹲，扶着床沿轻声叫了一句：猫咪，出来吧。猫咪出来了，样子像是头都抬不起来，那阵害臊远远没过去，但它不想让祖母着急。

在我远行成都之前，家里的经济形势和食品供应似乎到了最严酷的时期，布票都拿出来换吃的。我们的看家菜肴霉干菜烧肉里面没有肉，霉干菜是放了猪油蒸熟的，只要有两大碗白米饭，照样吃出肉味来。鱼肚杂顾妈都不舍得全部给猫咪吃了，她想给家里节省买菜钱，买来的菜让我们吃，她自己吃姜葱炒鱼肚杂。有一次顾妈把带鱼煎给我们吃，她自己吃煎带鱼头。祖母本意是希望她也能平等分享带鱼肉，可话一出口就让顾妈多心了。祖母说，煎鱼头也费油的呀，何必呢？意思是何必去吃鱼头呢，鱼肉大家分分是够的嘛。顾妈大声分辩说，那才用几滴油？！她的意思是，这几滴油我都不配用吗？！祖母又说：一人才二两油。顾妈眼泪都出来了，意思是，我伺候你一辈子，吃你几滴油你

◆

侬当我在跟侬白相啊？白相可以的，咬就不可以了，哦？

都心疼吗？两个老太太相依为命大半辈子，这次真红了脸。第二天，顾妈吃的鱼肚杂是清蒸的，一滴油也不放。

我第一次探亲假是离家的四年之后。四年家里变得我都不认识了，奶奶在遗像上，顾妈留下的痕迹是一双破雨靴，没了麻花儿也没了猫咪，也没了奶奶那张从上海搬来的西式床，家里似乎大了许多。第二天，一个我不认识的爸爸回来了，又黑又瘦又老的他从老也修不好的水坝上请了几天假，肩上扛着蒲草篓子，里面是给我买的大闸蟹。哥哥顺利地成为独子留在城里，可他的愿望却是跟同学们一块去插队。虽然一家人都混得不怎么样，但还是开心的，因为活到那时，一家人对生活的要求都已很低。我问起猫咪，妈妈说给了那个鱼贩子。顾妈回老家后，妈妈在厂里上班，日夜三班倒，没人管猫咪，妈妈就把它送给了那个天天给它供应伙食的人。妈妈想，猫咪这辈子，口福是有了，什么都没得吃，鱼可以管够。送走猫咪的第二个月，妈妈到菜场买菜，鱼贩子告诉她，猫咪死了，到了他家之后，给它再好的鱼它也不吃，绝食一周，死了。

猫咪是伤心死的。祖母去了医院，没有再回来，猫咪感到它被祖母遗弃了。妈妈又把它从家里带走，带给一个陌生人，连祖母那一丝丝气味都根绝了，猫咪不知自己干了什么，让人那么绝情。

也许，猫咪比我们想象的都重情，它是决意要给祖母陪葬的。

严干事和小燕子

那时我是铁道兵部创作组的创作员，二十啷当，一根马尾辫，碎花衬衫配蓝色军裙，暑天无君子，所以我的装束一半是当兵的，另一半是老百姓。一下到铁道施工部队，到处听人叫严干事。这个称呼好荒诞，它和我打死不相认，所以我对连队里的真正干事们说，直呼其名吧，否则你们叫严干事我就前后左右看，不知道谁是严干事。但干事参谋们都谦逊地直笑，说上级机关来的，怎么好直呼其名。意思是直呼严歌苓的话，就造次了。一个年轻宣传干事说，那就叫你老严吧。我说我肯定不比你们任何人老，如果你们愿意叫小严也凑合，他们更是一副不敢造次的窘迫笑脸，说那更不行，让首长听见该说我们没上没下了！好了，我从此就要把严干事当下去。

严干事在团部招待所下榻后，特别喜欢被山西老乡称作塬的那道风景线。招待所是一排简易平房，推门出去就看见三四里外的塬，中间相隔着田野，正是高粱起青纱帐的时节，那道塬从我视野一头延向另一头，塬头是平齐的，似乎是青纱帐的一道巍峨城墙。顺着田间小路走出去，严干事不请自来地驻足在村中泥屋门口，外面是白天，里面已是夜晚，黑暗中只能看见一座泥灶台，一口带豁口的铁锅，不知锅里一日三餐煮什么，也不知主人何处去了。再走得远些，看看塬还那么巍峨，那么遥远。村子散落着相似的泥屋，屋里夜晚同样开始得比别处早，也同样强调灶台和铁锅是最重要的家具。

到饭厅跟干事们一说，回答是：严干事，你可不知道，这里的人穷啊，要不是铁路修到这里，他们一辈子都不会出门，都不知道塬那边是啥生活。我问，那塬那边究竟啥生活？干事甲笑说，跟这边没屌两样！干事乙说，二团就在塬那边，鸡蛋都收不上来，炒鸡蛋也用鸡蛋粉。

第二天严干事又进村，来到一座稍大的泥屋前，听见微弱的啾啾声，低头一看，一只黄口乳燕在地上扑棱它那一只半翅膀，因为有半只折断了。就算它不折翅，它也不会飞起来，因为这个禽类小脸上满是明黄的大嘴，说明燕子幼小得很呢，这点判断，我这城巴佬还是有的。于是严干事小心地捧起乳燕，明黄的大口显得更大，再大一点就可以翻过去把它自己吞没。小燕子不幸掉在了这个锅底朝天的穷乡亲屋檐下，这么大一张黄口，多么让人为难：怎样从牙缝里省出口粮来填喂？又一想，如此贫穷也不妨碍燕子将其认作家，每一春按时探家。严干事站在那里，希望燕妈妈觅食回来，好把它的孩子认领了去，但等了好一阵，不见燕归来，手心里的小燕子只是张嘴，不发声音了，也许饿坏了，在向我要吃的。

严干事就这样有生以来头一次独自拥有了一个宠物（童年时家里养的猫、狗、鸡、鸭、兔子等等主权归外婆外公）。小燕子跟着严干事住进了铁道兵兵营，头一天的晚餐是严干事在青纱帐里捉到的爬虫。严干事爱美，怕太阳晒黑鼻梁两侧的雀斑，总是戴一顶草帽，草帽上还拴了一根浅粉色的带子。（现在我实在为当年的严干事难为情，竟有过那么嗲嗲的审美趣味！）招待所的屋子很大，纵向拉一根挂毛巾晾衣服的铁丝，草帽带子被系在铁丝上，帽兜里垫两块手绢，成了小燕子很不错的一张吊床。小燕子头一晚睡得很不老实，不断折腾自己也折腾严干事，跳到草帽的宽檐上，细草编的帽檐在它可怜的体重腾挪下忽闪忽闪，险些翻过去，折断小燕子的另一只翅膀。天都亮了，严干事没法子，只好把草帽抱到床上，放在枕头边，小燕子和小孩子一样，跟成年人近了，心里就安稳了，不再啾啾个没完。等到太阳升起，照进大屋子，小燕子还没醒，严干事此刻发现，人家乳燕不仅只有一张大嘴，眼睛也是有的，闭上了是半透明的，下面的眼珠依稀可见，似乎还微微浮动，难道梦见了燕妈妈？

严干事不写文章的时候，就要下连队采访。连队的筑路战士个个又黑又小，但打隧道、铺路轨反而是优势，如同分工合作严谨的一群工蚁。连队有人受伤，或有人牺牲，严干事就有故事写了，往工地就跑得十分频繁。于是团部的军人们常常看见严干事手上托着个黄口小燕，假如这只半个巴掌大小的禽类蹲在她肩头，就有座山雕的意思了。严干事当然不想给基层连队座山雕的印象。严干事采访要记笔记的，手老让小燕子占着也不是事儿，一次她试着把它放在帆布挎包里，它倒也不反对，从此就好办了，无论去哪里，它都不再碍事，安稳地待在挎包里，只要严干事及时洗刷挎包内里。

燕子是那么聪明的一种鸟，那么快就学会跟不同物种共存。大概一个多礼拜，小燕子就能识别她的脚步声，早晨她出门打开水，等回来推开门，它总是站在门后的扫帚边上迎接。它也是那么容易满足，高兴起来就把竹子扎的扫把当大树，当然是树冠朝下的倒置的大树，它从“树冠”往“树干”上爬，一边爬一边扑扇这两只秃翅膀，那残废的一只还耷拉着，扑扇时也使不上劲。那是它自认为的飞翔。严干事认为，小燕子一定会伤愈，一定会学会飞翔的，不过即便它一生都飞翔不起来，她也认了，因为她在乎小燕子在乎她。没有妈的小燕子，认了一个永远不会飞翔的人类母亲。

有了宠物是要付代价的。每天严干事忙完采访和写作，在傍晚时分就钻到青纱帐里狩猎虫子。猎虫并不容易，尤其严干事不如虫子敏捷，飞的捉不着，爬的不好找，蚂蚱倒是不少，但它们又飞又跳，个高的庄稼之间似乎还种了矮个庄稼，间距对蚂蚱不是问题，对严干事就难办了。所以一晚上的猎获物几乎仅够小燕子吃，可它在吃长饭，胃口随着个头长，黄口经常朝严干事大张，于是严干事动员了一两个团部的通讯员帮着捕猎虫类。通讯员十八九岁，认为兵部大机关来的严干事有一点“吃饱了撑的”，他们帮忙也是帮一个吃饱了的人消食。

乳燕的黄口渐渐小了，颜色也不那么黄得如同警号了。那只折断的翅膀依然拖在地上，它一扑腾打算起飞，身体就歪了，离地半尺就坠落，严干事干着急，也帮不上忙。不过小燕子很有本事扑棱到严干事的身上，每天严干事面朝窗口坐在书桌前写作，小燕子就顺着她的脚扑腾到她膝盖上，就在那里打盹。严干事用蘸水钢笔写稿子，写写就要将笔尖伸进墨水瓶里蘸墨水，小燕子就会偏一下头，身体稍微晃一晃，陪伴一个写作者工作，似乎它很自在自得。

通讯员帮着捉来的虫越来越少，因为他们傍晚最大的享受是打篮球，为了我豢养宠物，他们牺牲了这点娱乐，怎么想都不妥。于是她决定把小燕子带到庄稼地里，让它自己打猎。小燕子初入青纱帐是兴奋的。它的遗传密码告诉它，这是它的用武之地。它东扑棱西扑棱，猎手的本能让它知觉那里有猎物。但它毕竟是个残障猎手，蚂蚱、刀螂，都欺负它有翅膀却不能飞，很快就把它消耗得筋疲力尽，把昨天那点食儿都搭进去了。严干事想，燕子被人用去比喻极致的矫健和轻盈，所谓身轻如燕，可这只小燕在猎物面前一再失败，一定会让它发生类身份认同危机，它是猎手啊，是食物链中的优越环节呀，可怎么就连一口吃的都弄不到？严干事看着一只翅膀拖在地上的小燕子，感受着它作痛的自尊心。

它的翅膀不愈合，绝不再带它来青纱帐，这是严干事抱着小燕子回屋路上的决定。

小燕子还在一天天长个儿。羽毛铮亮，黑得发蓝，严干事觉得自己这个不会飞翔的养母是付出足够母爱的。但小燕子就是一直拖着它的断翅，在屋里地面上走路，从背后看，竟有了一点老气横秋的感觉。它本事见长的地方是扑棱得越来越高，可以顺着竹扫帚扑腾到扫把杆的顶端，再从顶端扑腾到严干事的草帽改制的吊床上，在那里晃悠一阵，又扑腾下来，扑腾到严干事腿上，再顺着她的上衣扑腾到胳膊上，然后落脚到书桌上面，停在严干事正写着的稿纸边。它就那么站在纸边上，看着纸张从白的到深蓝的，渐渐爬满吃不得的虫类。原来它的人类母亲每天就干着这么一桩无聊事务，把一张张好端端的白纸毁了，让它们布满深蓝的，不会动的虫子。

鸟类之所以成为鸟，是因为它们都需要一根栖身的树枝。小燕子长大，也开始不满足像一只猫或一只哈巴狗那样栖身在我膝盖上。那是些没有翅膀，不具备鸟类独特平衡本领的族类的栖身方式。有次严干事左手食指受了点伤，用胶布缠了几圈，写作时就把手指随便搁在桌边，不承想小燕子认为没有树枝可栖，手指可以将就代替，便站了上去，两只鸟类脚爪紧扣住手指，大小正合适，就这么定了，以后就栖身此地。严干事想，不能完全做它母亲教它飞翔，就做它可以栖身的树吧。

这个崭新的毛病一养成，严干事可就麻烦了，连睡觉都要伸出一根手指在床边，作为小燕子夜里栖身的树枝。早晨起来，“树枝”下的地面上，总有零星的禽类排泄物，地面若不是铺了水泥，小燕子夜夜施肥，怕是要长出蘑菇之类的。人禽共存的局面就这样建立和维持下去了。严干事正在写作的一篇小说把一大摞白纸渐渐填成了深蓝色，小燕子有眼为证。（**那篇小说就是后来更名为《倒淌河》的中篇小说。**）严干事明白，她不可能带着小燕子回到北京去，北京的兵部大院处处砖石，树不成林，哪里去为它捕猎虫类？严干事也知道，她爱小燕子，但绝不可能为了它留在这个穷乡僻壤，连铺铁路的战士们都巴不得早些铺完铁轨开拔。那是一九八〇年代中期，北京对于严干事这样的年轻人，有多少勾魂的去处！可不像如今的“〇〇后”们，游戏只会在大小屏幕上玩儿，那时候一个北京城都不够他们游戏的！所以留在这个只有燕子不嫌弃的村子，严干事想都不敢想，别说为一只小燕子，就是此地有一只小凤凰、小恐龙，都留不住她。

严干事这次下基层是因为上级规定每个创作员每年必须在基层采访多少天，写出的有关基层人物和事迹至少有一篇要发表。于是严干事就在酷暑中到山西北方“体验生活”，现在规定的时日已到，大可以光荣回师。可小燕子呢？

小燕子的命运要么是伤痊愈，学会飞翔，学会做真正的燕子，今后生养真正的燕子；要么是被托给团部某个干事或通讯员，在她回北京不久收到抱歉的通知：小燕子饥病交加，英年早逝。

不知不觉，严干事在招待所已住成了老客。小燕子也成了老宠物。它虽然不会飞，但必须吃飞禽级别的伙食，一天至少半两虫子肉。塬上秋早，夏虫都成蛹或化蝶，或过完了短暂快乐的一生。无论她现在的猎虫技艺多高超，到小燕子嘴里的虫肉越来越少。它是不嫌弃，夜夜栖身于其左手食指上，照样拖着一只翅膀踱步，在她写作时它守在纸边打盹，啄自己的两只脚爪，梳理梳理胸毛，现在它这胸毛可相当丰厚，一袭雪白衬里，配得乌黑燕尾服更显华贵。

这天严干事边吃馒头边写作，写得兴起，馒头给搁在一边，小燕子上来试着啄了啄，腮帮竟然出现咀嚼动作，但很快发现味道口感都不对劲，或者因为它的鸟喙形状天生不适啃馒头，就走开了。严干事抠下一小块馒头，在手指间搓捻，捻成一条一寸多长的面虫子，在指尖转动，似乎虫子在挣扎、在拱动，小燕子黑黑的眼睛聚焦了，盯着造假虫子一秒钟，突然扑上来，终于捕猎成功，把面虫抢夺过去，叼着从桌上扑腾到地上，它唯一的进步是可以用一只半翅膀助力滑翔，尤其在从高处往低处降落时有了点飞的意思。

小燕子被骗了，被严干事伪造的虫子骗了。它吞咽了这条假虫子之后，严干事欣喜若狂，小燕子食物结构的改变，会让她以后省多少事？严干事以为，达尔文理论不是绝对的，一种物种可以在眨眼间完成变异，小燕子的遗传密码被她洗牌了，看看，这只燕子不是把馒头也当肉吃？也许它饿急了，也许它太信赖它的人类养母，只要是她的手给予的食物，它都全然信赖，只管闭着眼吞噬，这只手救了它，自然不会害它。来自这只手的只能是安全和滋养。

小燕子连着两三天吃馒头假冒的虫类，不假思索，不假玩味，那一直是半空的胃囊终于饱胀了。第三天夜里它在严干事那当树枝的左手食指上待不住了，两次坠落到地上，恰巧严干事完成了小说之后，一般是睡觉如休克，死沉死沉，听见翅膀扑棱的声音也醒不来，清晨那扑棱声更吵闹了，似乎真的在密实的树丛里扑棱，带起枝叶间一阵阵风……严干事完成了一部令她还满意的作品，就像前线抬下来的战士、伤员，载誉睡去，放弃一切的松弛是挣来的，一直没被那扑棱声真正打扰，真正惊醒。清晨，清凉的天光照进来，严干事醒了，意识到夜里听到的所有扑棱声都是求告，都是喊疼，来到声响寂静处，发现小燕子在竹扫把上咽气了。最后的栖身地它没选择它的人类养母，而是选择了类似树林的地方，尽管扫帚是死竹子，但曾经活过、绿过、摇曳过，比会造假虫子的人类养母安全。不知小燕子死前可做过瞬息即逝的梦，在梦里它会飞，飞在无边的绿色树林里，那里有天敌出没，可它也是别人的天敌，正因为处处藏着危机，所以那里才更安全。

严干事被一辆师部来的吉普车接走，送到火车站，火车的终点是北京。她在走前埋葬了她一生中头一个独属于她的宠物，她的小燕子。送行的真正干事扬起手：“严干事，下次再来哦！”

我当然没有再回到那个赤贫的村子去，把严干事那个光荣称号也就此丢了。部队早就开拔，远去的浩荡队伍后面，留着高高的塬，留着我的小燕子矮矮的坟。泥屋也许不那么黑了，也许给瓦屋替代，也许连着青纱帐一块卖给了什么开发者，那小燕子的族亲们连家都探不成了。

◆ 严干事站在那里，希望燕妈妈觅食回来，好把它的孩子认领了去，但等了好一阵，不见燕归来，手心里的小燕子只是张嘴，不发声音了。

穗子的动物园

潘妮

潘妮是只猫。

我见到的潘妮，应是它风韵犹存的徐娘年代。那时它身材匀称，肥瘦适中，浑身毛发犹如红铜颜色，隐绰着些许虎斑，一张脸尤其标致，深褐色大眼，在我刚进大门时，高冷地瞥我一下。它在楼梯扶手上端一面矮墙上坐着，地理位置高于我，社会地位似乎也高于那时还没有绿卡的我。西方人觉得，女人若长一张猫咪的脸，一定是个漂亮女人，因而我想，潘妮的脸换到一个女人身上，肯定绝代。

潘妮，Penny—— 从读音上我想当然认为这名字的灵感由它独特的毛色而生：就是美元的一分钱硬币之色。一分钱，价值渺小，但打造它的铜很好看，崭新的时候远比最大面值的二毛五角子贵气，铮亮，绯红，红得那么熟。后来才知道潘妮的全名是Penelope，中文音译为：佩娜洛珀。好名字，源自《荷马史诗》中奥德修斯王的美丽忠贞的妻子，在丈夫征战特洛伊失踪后，为了婉拒各国王孙公子的求婚，借口为公公编织一件又宽又长的寿衣，婚嫁须等到寿衣完工后再考虑。为了这件寿衣能永不完工，她白天织，夜里拆，进一步，退三步，成功地使那件寿衣十年未完成，直到奥德修斯归国，把所有骚扰者赶尽杀绝。从此，佩娜洛珀就是“忠贞”这一词的注释。

在潘妮高冷的目光检阅下，我拎着箱子入住了沃克家的宅子。沃克夫妇是我的公婆，都是教授，人亲热得不得了，但头一回见公婆的我，却拘谨得肩胛骨生疼，消化功能减弱，原本英文口语也够去上课的，可在两位沃克教授面前一开口就严重口吃。好在有潘妮，假借逗弄它躲过许多对话。假如潘妮一抽身跑了，更好，我便有借口离场：追猫玩儿啊。可我很快发现潘妮不是无故抽身，而是为了照顾家里另一个宠物，老态龙钟的 Canebie。（也给它个汉语音译名字吧：坎那贝尔。）

坎那贝尔是只狗。

初遇坎那贝尔时它已经是个老爷爷，我姑且叫它老坎。老坎犬龄十八岁，算起来等于人类年龄一百多，所以耳聋眼瞎，腿脚关节弱化，没有潘妮助力，它无法起立，更无法把自己挪到后院去方便。无论人还是畜，老了都尿频，潘妮每几十分钟就要用肩膀抵着老坎从厨房的后门出去，到院子去小解。这种协助很有趣，潘妮先在左边扛老坎一下，老坎向前挪一两步，潘妮再蹿到它右边，又那样用肩膀一扛，老坎再迈一两步，如此一来，老坎不仅借了力迈步，行走路线也基本是直的，不至于撞在哪一堵墙上。在搬到盐湖城之前，我公公沃克教授在中西部一所大学任教，家里的后房门跟院子之间有七八级台阶，潘妮用身体挡在台阶一边，以免老坎从台阶一侧掉下去。那时候就开始形成了猫狗相濡以沫的局面。坎那贝尔个子不大，比潘妮大不了多少，由于腿脚差，放弃了运动，发福得厉害，所以潘妮对它的护理之于它生命的延续，是关键之关键。潘妮那时还年轻，相貌又那么出众，方圆几里地的求爱雄猫每晚唱不完的小夜曲，不知道它用什么借口婉拒了骚扰者，忠贞地守候着又老又残的异类伙伴坎那贝尔。老坎血统不明，应该是串种了印第安土狗的血缘，深黄色，薄薄两片耳朵耷拉着，它年轻时大概很像我们中国的中华田园犬。老坎和潘妮的妈妈汉娜都是格里格捡回来的流浪动物。格里格是莱瑞的弟弟，兄弟俩相差六岁。格里格十岁那年，在一个下着瓢泼大雨的夏日，抱回一只浑身湿透的小猫，一脸心虚地对父母说，他要收留这只迷路的小东西。然后就给这小猫取了个有点德国味儿的名字：汉娜。在这之前，格里格还领回一只叫查理的小狗。从他抱回猫崽汉娜的大雨之日，格里格收养流浪动物的美名就在邻里的流浪猫狗中流传开来，动物世界大概也都听说了一个十岁男孩格里格的侠骨柔肠，于是常有落单的小动物出现在格里格放学或玩耍归家的路上。他总是把这些动物流浪汉们带回来，一脸愧色，以辩驳开口："But...she (or he) is lost..." 格里格羞愧的是自己十岁男儿，竟有这种心太软的弱点。汉娜在沃克家落户不久，格里格便碰到了无家可归的幼犬坎那贝尔。父母对格里格既恼火又无奈，最终只能屈服于格里格天使般的弱点。鼎盛时期，汉娜、潘妮母女都生产，沃克家成了动物妇产医院，随后就是一地猫崽儿，一家人走路抬脚落脚要学工兵探地雷，还是些飞速运动的"雷"。

到我见公婆这天，家里就只剩了潘妮和老坎，其他动物都送了朋友，潘妮的孩子被早于哥哥成家的格里格带到了新泽西。

潘妮对老坎疼爱有加，时不时还伸出舌头，舔一舔老坎的毛发。听说这对跨物种伴侣年轻时是相互捣蛋的，不是你偷我的食，就是我占你的窝，常常还要干一架。猫科动物在快捷灵敏方面，优越于犬科，所以往往挑事的是坎那贝尔，潘妮几爪子挠出去，亏总是老坎吃进去。那都是前嫌，此刻老坎肚皮贴着厨房地板的瓷砖，享受着潘妮舔毛，一双无视觉的眼睛晕晕然，嘴巴吧唧一下，吧唧又一下，好受用的，那些曾被潘妮挠出的疤痕藏在它毛发深处，似乎统统给潘妮慰藉的舌头舔平了。

老坎大部分时间是昏睡。老坎睡着的时候，我有时会摸摸它，似乎是怕它睡着睡着就进入了永恒。当我把它摸醒，老坎会侧过身，亮出大半个布满老人斑的肚皮，邀我也摸摸它的肚子。看来很久没人抚摸老坎了，它很欠抚摸，这让我有些不落忍，动物也好人也好，老了都免不了会招致一些嫌弃。老坎的乞怜、感恩，都在它贱兮兮的姿态中，什么姿态呢？舌头是含在齿间的，舌头后面发出微微的哼唧，尾巴尖快速颤抖，前爪缩在胸前…… 垂老，真是件令人心碎的事。我抚摸老坎之后，总会来到厨房水池边，用洗手液使劲搓洗双手。老坎跟所有老了的生命一样，有着不洁的气味，让你怀疑它虽然便溺频频，却便溺不尽，有一部分总是浸泡着它自身。在我狠搓两手的时候，直觉到两道冷冷的目光：潘妮的目光。潘妮半睁着眼睛，卧在厨房柜台上，把我多半嫌弃小半怜悯的心看得洞穿。我是人类唯一一个肯抚摸老坎的成员，老坎越来越依赖我的抚摸，每次我从它身边过，它脸上就浮起一层期待，它不知道之后我会那么蜕皮一样洗手，而潘妮是知道的。因此潘妮对我给予老坎的施舍，不那么领情。潘妮就那样，一直守候到老坎的最后一口气。相信老坎的走，给潘妮心里留下了一个无法填充的真空。

再见到潘妮时，它神情中就有了一种落寞。它爱独自卧在晾台的扶手上，晾台下是一条路，经常过往人和车，也过往野兔、松鼠，偶尔也会有几只麋鹿一闪而逝。从这里还能看见遥远的山脉，落日一点点坠下去，大半个天宇姹紫嫣红，潘妮全都收入眼底，心里怀想也许是去了霞辉深处的老坎。我觉得，失去老坎的潘妮也老了。

我婆婆是教心理护理学的教授，同事都是一帮女教授，常来家做客的一个叫作凯润，笑起来像聊斋故事里的婴宁，天真烂漫，音色清亮，咯咯咯咯咯，一路走音符，一串风铃似的，似乎她也知道自己笑得好，碰不得，一碰便把自己笑散架。潘妮喜欢这个乐天的凯润，听到她的笑声就凑近。走了老坎，潘妮落单，它似乎想从凯润身上沾些喜气，沾些活物的温度。凯润来，大多数时间是要带来大半个心理护理系，这个系里绝大部分是女教授，总在沃克家聚成不小的party。六七个女教授浓妆淡抹，花红柳绿，聚到沃克家，每人凑个份子，带一个菜肴或酒水。女教授们喜欢围坐在客厅，各自拿一个自助餐托盘，边吃喝边侃山。潘妮自认为也是应邀出席party的一员，也该凑个份子，于是把一只田鼠的尸体放在人群中央，表示它也不白吃白喝，跟大家一样对party做了自己分内的贡献。女教授们先是发出少女的惊叫，接下去就咯咯咯咯咯，扑倒在沙发上、地毯上、同伴身上。笑得最好听的，当然是凯润。凯润的笑，潘妮听来就是钢琴，就是歌，就是听觉的玫瑰。因此凯润一笑，潘妮就无语地、艳羡地、爱慕地、不可思议地冲她瞪着深褐色大眼，若是潘妮能说话，此刻的言语就是：啊，生命如树，而欢笑如花！

但最终也是凯润把潘妮笑跑的。

是这样：潘妮在桌上发现一颗极小的白药片，舔了舔，一不当心把它吞了下去。它不知道这是一颗抗焦虑药，二十分钟之内就能令它浑身酥软，行走如登月。好了，现在药效初步发作，潘妮浑然不觉，一纵身从一张椅子往一张条几上跳跃，椅子和条几之间隔着不到一米距离，平时闭着眼打着盹都能完成这根抛物线，但这次潘妮的跳跃抛物线在中间突然折断，它跌在椅子和条几之间的深渊里，一个滚翻，似乎还挣扎一下才站立起来，一脸莫名其妙。这是一个很滑稽的跌落，凯润正好看见，咯咯咯，呱呱呱，笑得不亦乐乎。其余客人也被凯润感染，跟着起哄大笑。潘妮吱溜一下就不见了。等到客人散尽，沃克家三千多英尺的领土上不见了潘妮。全家人出动，到处找，声声唤，最后莱瑞在车库角落里找到了它。它卧在旧物堆里，卧成小小一团，巴望自己永远也别被人类找到。莱瑞觉得，潘妮此刻的样子就是“无地自容”的活诠释。它认为自己丢了全猫族的脸，在一帮子人类眼皮下成了个笑话。它的自尊心被凯润的笑声割得血淋淋，疼啊！或许它也在自省：老坎走了几年，自己真就老了这么多？那么跳跃几乎与生俱来，随着年龄长在四肢和肌肉里，就是想失足都没那么容易，怎么就会失足了呢？莱瑞轻轻摸着它的脑袋，劝它想开点，谁不失足呢？最后莱瑞连哄带劝，把它抱起，回到房子里。此前莱瑞和潘妮的交情并不深，潘妮在沃克家出世的时候，莱瑞已经到华盛顿的乔治城大学（莱瑞十七岁进大学），每次只是在学校假期回家小住，也只能跟以主人自居的潘妮客客气气照几个面。再说自从格里格领养猫狗，莱瑞发现他对猫毛过敏，所以对潘妮、汉娜母女都是避之唯恐不及。莱瑞顾不得过敏的恶劣症状，把潘妮抱在怀里，让它相信，不是所有人类成员都喜欢看猫类笑话，直到潘妮自尊心的疼痛缓解，药效还在作用它：它走路四爪拌蒜，行走路线耍大龙。此刻女沃克教授发现给老伴儿预备的药片不见了，这才联想到前前后后，大家突然醒悟，潘妮是吃错了药，万幸它只成了一个笑话，而没成一出悲剧。

第二天，莱瑞从楼下卧室上到客厅，刚从楼梯冒出头，就见潘妮在重复昨天那个跳跃动作：从椅子上跳到条几上，再跳回椅子，大概在想，我有那么老吗？这不是还能跳吗？似乎它还在纳闷，我这条抛物线挺完美啊，昨天怎么就像个泄气皮球，从空中垂直落下去？莱瑞没有惊动它，看它来回练习，直到它确信自己又找回了绝技。从这一天起，家人都发现，只要潘妮以为没人注意它，它就会练习这个跳跃，给凯润当了一次大笑话，以后可再也当不起。

之后凯润还是常来、常笑，但凯润一来，潘妮就躲，生怕自己的在场提醒凯润，又记起那天的丢丑，再给她笑一回。不过女沃克教授已经轻声警告了凯润，潘妮面子太薄，远比大姑娘更要脸，以后可不能再笑它。担心是白担心的，因为潘妮一听到凯润到达大门前，蹿得那叫一个快，保证不跟凯润待在同一个空间里。与此同时，它发现了莱瑞的善解人意，总是躲到莱瑞脱下的衣服里或放在床边的鞋子上。从此，只要莱瑞回家探望父母，潘妮就与他形影不离。莱瑞从一开始的剧烈喷嚏到后来过敏痊愈，全家人都觉得是个谜，或许“以毒攻毒”是有道理的。后来莱瑞偶然看到一篇文章，谈猫毛过敏，问题原来出在猫的唾液上。猫爱美、自恋，没事就蘸着唾沫自己给自己浑身毛发梳理美容，唾沫就是它的发胶。随着老坎去世，潘妮失去了悦己者，美不美就那么回事了。而且它一年年上岁数，眼看过了猫龄二十岁，它彻底豁达了，停止以唾沫美发，所以无论莱瑞与它多亲近，由于过敏源的消失而过敏症得以痊愈。

潘妮长寿得出奇，到了二十三岁这年，终于现出老弱的症候来。一天，女沃克教授从学校回来，发现潘妮不见了。哪里都找过，一点影子都没找到。沃克家的房子依山势而建，进大门要爬坡，十来级台阶才到门口，而房子的后院地势很高，整个房子好比斜挂在山坡上。后院就是一座陡坡，尽头建了一座露台，由两条木头铺就的小路通往那里，观景的视野比房子前面的阳台更好。露台外面，是又高又陡峭的山体，生着松柏和橡树。沃克夫妇猜想，也许潘妮从露台栏杆出去，跑到山林里玩儿去了。等到天黑尽，潘妮也没有回来。他们这才想到，可能潘妮就此别过：它预感到自己生命的终点将近，便主动向山野走去，亿万年前，它的祖辈就从那里走来。它愿意独自走回自然，悄悄地迎接自己最后一口呼吸。从它的性格推断，这是顺逻辑的，生性要强的潘妮，极爱体面，不愿意任何人看见它由强到弱，由生而死，由完整至腐朽的过程，像老去的大象一样，在生命最后一刻离开群落，躲得远远的再倒下，去化为一堆枯骨。但男沃克教授又仔细回想，他并没有打开通往露台的后门啊，潘妮是怎么去到后山的呢？还有一种可能：潘妮卧在它最爱的位置——前阳台的木头栏杆上，间接参与邻居们，野兔们、松鼠和麋鹿们的交际活动，却不期然俯冲下来一只鹞鹰，把潘妮给掳走了。如果它稍微年轻一点，体力足一点，肯定不会让鹞鹰得逞得那么省力，它会躲避或抵抗，但它实在是老了……潘妮，就这样被“天葬”了。

潘妮到底是怎样终老的，始终不能解密。我情愿相信前一种推测，那更符合潘妮的性格。潘妮自尊自爱到极点，连一次吃错药失足，都给它的自尊留下那么深的创伤，彻底改变了它的敌、友取向，何况死亡这样神秘未知的事物，它笃定不要任何见证者，万一死亡是丑陋的，万一是痛苦的，而痛苦必将带来扭曲走形……潘妮心里装着一个大写的“NO”，缓缓地、从

◆ 它爱独自卧在晾台的扶手上，晾台下是一条路，经常过往人和车，也过往野兔、松鼠，偶尔也会有几只麋鹿一闪而逝。

容地向山坡的松林走去，在高处，它回过头，看看那承装着它幸福时日的房子，然后转过身去，面向大山，义无反顾，迎面来了带松节油香味的山风，吹拂着它稀疏柔软的红铜色毛发，潘妮眯上它美丽的眼睛，死亡，也可以这么美。

狗小偷

穗子的动物园

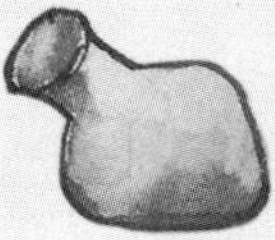

可利亚是春天来的，四月份，艳阳天，不过这并不稀奇，我家当时住的地方一年大概有三百五十个艳阳天，只是因为可利亚的到来，这个四月艳阳天便在我记忆里尤其艳丽。可利亚刚满六周，躺在一个鞋盒子里，一张毛茸茸的小脸一半黑一半白，整个就是一个八卦图，真像是一份礼物。它也确实是一个男孩给母亲买的礼物，可母亲拒绝了这个会长大、会汪汪、会满屋子排泄，还必须遛弯的礼物。于是这位母亲就想到了我。她略知我的滥好心毛病，电话里就说，打算把那只刚买的小狗拿到街上再卖了去。

又说，这只狗是一窝三只狗娃子里最淘的一只，儿子就是看中了它的顽皮，买下它的。那就是说，这只小狗是跟它的兄弟或姐妹一块儿被出售的，但现在独自一个再被出售一次，可怜见的。我脱口而出：那就卖给我吧！

可利亚睡在鞋盒里就被倒手卖给了我。不贵，才一百块美元。我问朋友的儿子，小狗有名字吗？回答说有的，他买来后就给取了名，叫“臭臭”。可我冲它叫，它对这个名字根本没反应，也许它跟我一样，不喜欢这个名字，也不认为自己臭。我又问，这小狗是 girl 还是 boy？回答说不知道。当时我回想，我童年和少年时期，倒是接触过狗的，但鉴别狗性别的权威属于家长，在部队我也跟我的少年战友们共同拥有过一条藏獒，名叫颗韧，但年长的战友负责判断性别，所以这方面我完全无知。我打了个电话给一个养狗的女朋友，请教她怎样辨别狗性别，回答说以狗解小手的姿势辨别。我说哎呀，这只狗解小手两只后腿都跷在空中，等于拿着大顶就行方便了。女友说，那就一定是个 boy！这么一决定，我马上给狗娃想到一个好名字，Kolya，翻译成中文，勉强读出可利亚三个字。Kolya 是捷克导演拍的一部让我三天不知肉味的电影，剧中的小主人公是个苏联男孩，就叫可利亚，是尼古拉的昵称。很快可利亚就对这个名字认账了，一叫它，它就轻轻摇摇尾巴。当天下午带它去人工运河边遛弯，它去管闲事撵鸭子和白鹭，跟着会飞会水的族类直接进入了运河，它尚不明白地球上的水和陆地是完全不同的平面，它自己把自己吓了一大跳，但它听着可利亚的呼唤，很快游着狗刨式便回头是岸了。

可利亚来了一个月之后，为了给它办狗证，我们带它去体检，兽医说你们怎么给一个小姑娘狗取了个爷们儿的名字？我们差点羞死，三十好几的人把狗的性别都弄错了！可利亚确实是太淘了，小便拿大顶，一会儿都不安生，见什么都撵，我们邻里宁静的运河因为来了可利亚而鸡飞狗跳，所以我们认为它必是 boy 无疑，小姑娘总该斯文一点吧？现在怎么办？给它改名？改成娜塔莎、娜塔莉都来不及了，可利亚不理会，可利亚认定它就是尼古拉。

过了大半年，旧金山电影节开始了，我和莱瑞每天晚上几乎都在城里看电影，回到家总是深更半夜。一次我们一进门就被吓坏了：客厅地毯中央崛起一座雪白的小山，因为还没来得及开灯，是借着大门口的顶灯光线看到的客厅景观，白色小山在半明半暗的视野中显得触目惊心。可利亚不动声色地卧在山脚下。等我们开了灯，才发现这座袖珍长白山是用纸巾堆积的，用了客厅厨房卧室所有的纸巾。可利亚在我们看电影的几个小时中也没闲着，一张张地把纸巾从盒子里抽出来，扔到地毯中央，这件愚公移山的壮举估计够它忙一晚上，为了向我们表达它被无端关黑屋的愤怒。第二天，我把所有纸巾盒子藏了起来，可这也没耽误可利亚祸祸，它把一楼卫生间的卫生纸卷拉下来，在地上滚动，从卫生间一直滚到厨房，在餐厅里转个圈，再回到客厅，直到它把一卷卫生纸祸祸完。我们回到家，看见可利亚在楼下铺展的卫生纸“长卷”，服了它：在我们家怎么总是人高一尺犬高一丈呢？此后我们晚上再出门，就把可利亚放在院子里，旧金山海边的气温即便在一月份的夜晚也并不十分低，大概八九度，可利亚又是自带皮草，体重超标，应该不会冷。院子里放着它的水盆、饭盆，还有鸟和虫子给它解闷，邻居一只白猫也常来串门。白猫是可利亚的暗恋对象，常常挨它掌掴仍然一见它上门就贱嗖嗖地凑上去。所以我们认为它不会烦闷无聊，心情应该好很多。等我们看完电影，子夜时分回到家，可利亚却人间蒸发了！院子有木板栅栏，栅栏上爬着三角梅和开白花的藤类，除非会飞才出得去。我们正在绝望，电话铃响了，自报家门是救火队，为我们看管了一晚上逃家的可利亚。消防站离我家只有三分钟路程，因为出征救火救人或模拟救火训练，时不时警笛长鸣，买房时我们的房价便宜了百分之零点几。救火队员把可利亚送回来，我们都又窘又愧，让人家五个值班救火员当了可利亚一晚上的保姆。但救火员毫不在意，笑着说因为有了可利亚，这一夜值班显得没那么漫长。但我们还是不明白，它是怎么从固若金汤的院墙里溜出去的。为了侦探出这个秘密，第二天我故意把它放在院子里，自己从厨房的窗子观察它，它待了一阵，逛了几圈，玫瑰花跟前喷了几个不屑的响鼻，渐渐显出百无聊赖。无聊对多动症的可利亚是不好受的状态。我看它来到院墙的角落，上身突然消失在一个低洼里，只露出两条拼命蹬动的后腿。那两条不很长的后腿飞快向外刨土，比一个工兵用短锹起地雷的效率还高。可利亚的后腿可真有力气，不一会儿那块低洼就成了木栅栏下的一个大洞，它十六磅超标的身体潜越进出绰绰有余。我昨晚居然没发现我家被它挖了墙脚！我赶紧把它弄进屋，把土填回去，否则放一个贼进来也绰绰有余了。

这下把我们难住了。只要它拒绝独自枯坐，就会临时打洞出门瞎逛。上次幸亏被救火队看见了，把它从马路上揪回来，救火队要是没看见它，它自说自话闯红灯过马路，遇上汽车……哎呀，想都不敢想！可我们也不能因为它而放弃看电影或者和同伴聚餐之类的夜晚活动啊，所以就用根长而柔软的绳子把它拴住，绳子的长度够它在院子里自在徜徉，但不够它跑出去串门。头两天这方法有效，尽管回来遭可利亚白眼。但第三天晚上便出现了更大的险情，绳子把它卡在栅栏下的洞里，我们再晚一点回家，它可能会被勒断气。

所以我决定还是让它在客厅里祸祸，随便它在那里移山填海，顶多糟蹋几盒纸巾。电影节的十来天中，没有再发生特大事件，只不过两本我们常用的英汉字典和德英字典消失了一小半，消失到可利亚的肚子里了。它啃字典撒气，让我们查阅不了生字，词汇量不长进，如此而已，总算是多害相权取其轻。

电影节结束之后，我发现常戴在脖子上的钻石项链没了，找了一个礼拜也找不着。保洁员一周来一次，我请她打扫房间时留意帮我找找项链。保洁员是北京人，为我们工作了好几年，家里从来没有丢失过任何东西。她建议我翻翻我那些书，说我经常把东西夹在读了一半的书里。我常常是好几本书一块读，什么都被我拿来当书签：发卡、茶杯垫、笔、纸巾……但我觉得自己不至于那么败家，拿唯一的一根钻石项链当书签。以防万一，我照着保洁员的意思把新近读完的书都翻了一遍，什么也没找到，项链似乎蒸发了。不戴项链日子照样过，可是没有手表出门心里有点没数：我的手表居然也蒸发了，而且就在我一转身之间蒸发的！明明被我放在浴缸旁边的，我吹干了头发它就没了！这让我觉得有点可怕了，难道我的记忆力出差错了？难道这所房子中了巫术？

这天我横下心来，准备花一整天时间，来个地毯式搜查，各个房间里一寸寸搜索，抽屉、书架，所有地方不留任何死角，手电筒、鸡毛掸，能用的工具都装备上了。主卧室的大床下，放了一张小床——可利亚的床。我掀开床罩，手电筒照进去，什么也没有，可利亚的小床倒很整洁，上面铺的一块小毯子也依然平整，因为可利亚几乎每夜都在大床上睡。可是就在我掀床罩的时候，可利亚又跳又蹿，似乎是阻止我，又似乎当啦啦队给我加油，反正是兴奋无比。我趴到地毯上，再次掀开床罩，用鸡毛掸把那块小毯子挑开，毯子下，可利亚窝藏的赃物够开珠宝店了！我的钻石项链、我的手表，还有一只是不知谁的耳坠，由浅蓝和深蓝两种石头穿坠，海水里捞出来的两滴水珠似的，似乎在手心还会流动，很是别致，不知道可利亚从哪里盗窃来的。该承认它眼光不错，三样东西都不俗。我拿起手表，提溜着表带对可利亚晃动，一面问它：这是你干的吗？出乎我的意料，它立刻四脚朝天躺在地上，前爪合十，使劲作揖。它平常也偶尔作揖，便溺没憋住，或者吃了它不该吃的东西，挨说了，就作揖讨饶。此刻它的样子可笑极了，我忍不住哈哈大笑。以后只要我把这只手表放在它眼前晃晃，它立刻就倒下作揖，很惭愧很害羞，意思是：别老提这桩糗事嘛，谁在年少时没荒唐过？二〇〇四年我们举家迁往非洲，一次我把可利亚偷窃的故事讲给朋友们听，有人不信，我摘下手表对可利亚晃动，它当即躺倒合十。那个朋友说这是动物的条件反应，狗怎么会记得自己犯的错误？我叫他把他的手表摘下来，照我样子晃晃看，可利亚肯定理都不理。果然，他的手表在可利亚眼前怎么晃，可利亚都是一张扑克脸。在它毛茸茸的不知揣着什么牌的脸后面，那颗狗脑瓜或许在想，难道我偷的是什么表都不记得？那是一只GUCCI女表！

再回到故事次序中来。从那次电影节之后，我发现可利亚捣蛋，偷东西绝不是无缘无故，它偷东西只为了表达愤怒。它最怕长时间独自待在家里，一旦超过它的容忍度，它一定让一件东西消失。接下去消失的是餐厅茶几上的一个袖珍座钟。小座钟很漂亮，茶色和巧克力色花纹大理石的基座，里面镶嵌了一个仅有指甲大的镀金钟面。整个袖珍座钟只有一寸多高，一寸半长。一天我发现小座钟只剩了大理石基座，钟的头部消失了。钟之所以成为钟，关键在于头部拥有电脑，没了头部，大理石基座再美也没有生命。根本不用推理，我马上判定那是可利亚的作为。它早就学刁了，才不给你省事把东西藏在床下或家里某个角落；它在院子里刨个坑，掩埋一样小东西太不费事了，所以钟面一定消失到某一片泥土之下了。除非我有探雷器，探测出泥土下仍在走动的钟表机芯，别无他法，只能败给可利亚，向它认输。认输的方式就是待它好一点，别到晚上还不归家，玩得忘了自己家里还有个叫可利亚的活物。

我觉得那个没了脑袋的钟身子实在多余，再漂亮也百无一用，所以在一个月之后把它扔进了垃圾桶。垃圾卡车一周清理一次各家的垃圾桶，就在垃圾卡车例行完公事之后，那个指甲大的镀金钟面又回来了，回到了不再有钟座的茶几上，居然还在走动，走得十分认真精准！极像是一颗被斩首的脑袋，被提溜到不知何处搁置，过一阵又被提溜回来，仍活得挺好，可它发现自己的身子没了，彻底没了！大概可利亚认为那一阵我们对它不坏，讨到了它的欢心，所以决定犒赏我们，让钟脑袋出土，舔干净上面的泥土，再把它搬回原处。钟脑袋在茶几上待了一阵，怎么看怎么别扭，最后我决定把它也扔进垃圾桶。我暗中祈祷，这本来相配完美的一个物件，让可利亚弄得身首异处，希望它们能在垃圾场重逢，死的活的奈何不了，终究图个完整。

可利亚一岁多了，脸上常常是一种沉思或深明大义的神色，浑事儿也不常干了，除了对吃和远足有兴趣，多半时间它睁一只眼闭一只眼，不怎么跟人类一般见识了。远足就是我带它沿着运河走两英里，去一个购物中心购物。途中必经一个网球场，围在场外的网子下，种植了葱翠的爬墙虎，植物绿森森的，凑近也看不到它们下面的土地。可利亚每到此处，必然要在爬墙虎上奔腾，奔腾几个来回，一定会从里面叼出一两个或两三个网球。之后它就像凯旋之师那样，昂首挺胸地叼着其中一个战利品网球，跟着我再走回去。我们的院子里于是成了它的网球收藏地，排满了柠檬黄的网球，它想健身了，就叼一个球来找我，让我抛球由它去接。这种单调、重复性极高的陪练员工作，对我是一桩劳务。有一次我把所有网球装在一个塑料袋里，拎到网球场，交给正在练球的少年们。此后可利亚再捡到球，把它们叼回家，就挖洞埋起来了。大概它认为我对它的战利品不够尊重，在爬墙虎上奔腾好几趟才捡起一两个球，容易吗？

两岁之后的可利亚越来越懂事、成熟，我们对它曾经犯的浑也都当笑话讲，似乎倒颇有点怀念它的顽劣童年。就在我们对它完全不设防的时候，又出了一件事。有一天莱瑞大意，把一份银行报表当废纸扔了。在垃圾卡车来的头天晚上，各家都会把自家的大垃圾桶拖到马路边，方便卡车清理。莱瑞打着手电筒来到马路边，翻找那份报表，却意外发现两帧相框，里面装着我退伍那年照的照片。他把两个相框拿回来问我，为什么把这么珍贵的照片当垃圾扔了。我说我怎么会干那么蠢的事？这两张照片连底片都丢了，我只会比他更珍视它们！可它们为什么跑到垃圾桶里去了呢？他追问道，要不是他连夜找那份报表，第二天垃圾车就把它们拉走了！我们推理了一番，大致得出这么个逻辑。我头一天出门七八个小时，得罪了可利亚，它想，你们也太健忘了，太大意了，居然以为我戒掉了所有捣蛋恶习，哼哼，是我刷存在感的时候了，是我敲打敲打你们的时候了！于是它跳到床上，把放置在床头柜上的相框叼下来，扔进了书房的字纸篓，里面装了许多废纸，所以有点分量的相框被扔进去便会立刻沉入底部，被浮头的废纸覆盖。本人做家务又心不在焉，看也不看就把字纸篓倒进了家里的大垃圾桶，再把大垃圾桶推到马路边。

可利亚这次敲打了我之后，我彻底老实了，不敢再让它长时间独自留在空房子里。它跟我们斗智斗勇，就是要我们明白一点：别以为让我当你们的宠物是抬举我，我可不是你们高兴起来玩一玩，不高兴就忘到脑后那种真正的狗，我是可利亚！一个会叫会跑会取宠的东西叫狗，一个会彰显个性、争取自身权益、争不到就造反耍恶作剧的就叫可利亚！可利亚瞧不起宠物这身份，它自认为为这个家没少操心，比如清晨来了浣熊丐帮，翻院子里的垃圾桶，它会隔着玻璃门狂吠，一面直立起来，朝浣熊们亮出它易受伤害的、经不住浣熊那三叉戟般的前爪一记抓挠的粉红肚皮。它认真担当职责，能吓跑长相逗人的进犯者最好，吓不跑反正它尽责警告了，这地盘是有看门有保安的！再比如，一旦我买回新衣服，在一楼到二楼之间的镜子前试穿，左右转身，可利亚就会仰身躺在地上，手舞足蹈，摇头晃脑的脸上，嘴都咧到耳根了，那意思是：好看好看！好看死啦！我家来这个小区买房时，房子已售罄，只剩这一座样板房，所以我们连同设计师的 IP 一块买。设计师在一楼到二楼两组楼梯之间的墙壁上，装了一块顶天立地的大镜子，镜子上端，开了扇天窗，所以光线好得不得了。从一楼拾级而上，可以看见自己的脸渐渐上升，上升到肩部，再到全身，这样你可以理直气壮地自我端详，避开了自我欣赏的嫌疑，因为镜子本来就在你对面，难道低头不见吗？下楼呢，稍一扭头就能看见自己大半个背影，想想看吧，这个设计师可算为自恋者操碎了心！从此这组楼梯之间，就是我试穿衣服的固定地点。只要我储衣间换好新衣，可利亚会立刻奔向大镜子前，预先站到，然后向步下楼梯的我仰着脸，目光很嗨，似乎是它自己的时装秀。等我站在镜子前，并对服装感到满意时，可利亚就肚皮朝天地躺下，表示五体投地。我想，一个人自恋的时候，大概会分泌一种快乐荷尔蒙，对嗅觉比人类灵敏一百倍的可利亚，快乐荷尔蒙芬芳扑鼻，因此它总是适时给我的试衣当啦啦队。它把当啦啦队长也看成自己的本职。被它认为是本职工作的还有守护失眠的我：每当我夜里失眠，到楼下厨房倒酒，它总是跟着，尽管困得脚步颠倒，双眼迷蒙，但它认为它必须陪伴失眠人，否则怎么办呢？失眠人本来孤独，没有陪伴的孤独就太彻底了。它趴在沙发上，看我倒一杯绍兴酒，在微波炉里热一热，一边小酌一边踱步，从餐厅一头踱到另一头，它懒洋洋的目光也就从一头跟到另一头，目光是疲惫的、困倦的，也是无奈的，意思是既然夜里当班，是不是情愿都要尽职。一个小时过去，两个小时过去，它就那么用目光看护着失眠人，庆幸自己不是人类，人类实在脆弱，实在无能，连睡觉这么简单的事都做不好，连树上的毛毛虫都会睡觉，睡几觉就成大蝴蝶了……

可利亚这样想着，失眠的我酒也喝到好处了，于是我摇摇晃晃地上楼，它也摇摇晃晃地跟着。

一夜无话。

◆ 它最怕长时间独自待在家里，一旦超过它的容忍度，它一定让一件东西消失。

穗子的动物园

可利亚在非洲

世界五大洲，可利亚去过三个。不到七岁的狗，它已然是个江湖倦客。早晨遛它走在阿布贾的街头，它是一副哪儿都逛过的神气，要不是我手里牵的狗链拴在它脖子上，大概就成它遛我了。街口上有个荒弃的楼房，二层楼没有顶，荒草从黑洞洞的窗口伸出来。弃屋里住着四五户人家，大概相当于中国称为“盲流”的一类人。他们有一大群孩子，可利亚一出现在街上，这群孩子就欢呼：“快看啊！我们的狗来啦！”他们背上驮着弟妹，或者头上顶着大水桶，一下子跑上来，眼睛看着可利亚，再来看我，希望得到允许能碰一碰它。可利亚却有点儿势利眼，爱搭不理的样子，或干脆就跑到一边翻他们家长扔出来的垃圾。孩子的情绪丝毫不受挫伤，跟在我们后面叫："拜拜！可利亚！"一直叫到我们远去。有一次，我带可利亚到几英里外的地方远足，路上碰到两个穿校服的小学生，一男一女，看上去是一对兄妹。他们站下来，瞪着可利亚。我赶紧拉住狗链，怕吓着他们。但两个孩子突然叫道："可利亚！"居然可利亚有这样大的名气，令我大大吃惊。想来那群盲流孩子和这两个孩子同上一个学校，可利亚的名声就那么流传开来。

一路走过许多大使馆的住宅，碰见门卫和杂工们，也都会跟我开玩笑说："把你的狗赏给我吧！"我一来就发现尼日利亚人不用"Give"，而多用"Dash"，似乎是一个不经意、随手一掷的动作。给小费，就是"Dash"几个小钱。若送礼，也是"Dash"。我把一个收音机送给我们的司机，他跟莱瑞说我把收音机 Dash 给他了。我脑子里不由出现这样的画面：某人把几个铜板随手往身后一抛，镜头切过去：一双手接住它；镜头上摇：接钱者感恩的脸。我久久玩味这个词，认为应该把它作为“赏”来理解。仅仅一个动词，就把这地方的传统表现出来了。一个多世纪的殖民历史，提炼出这样一个动词。现在满街的人要我把可利亚Dash给他们。难怪可利亚更加狗仗人势，浑身的优越自在。

三个月后，可利亚不自在了。它常常坐卧不宁，前爪后爪一起开弓，满头满脸，浑身上下地挠痒。我扒开它头上又长又卷曲的毛发检查，发现了我最不想发现的东西。它居然长了癞痢。可利亚没有交上过任何狗朋友，哪儿来的传染途径呢？想必是非洲活力无限的细菌可以空降。从黄页上查到了几位兽医的名字，马上和他们取得了联络。不巧接电话的都是护士小姐，告诉我兽医全出诊去了。一位朋友说最好不要病急乱投医，在阿布贾做任何事都要有熟人推荐。找兽医一定要在外交人员中打听，等谁推荐一位医术医德可靠的。被推荐的兽医叫穆罕默德，一打电话，他也出诊去了。看来此地的兽医服务十分到位，全是行医上门。我说我可以去兽医院，省得医生跑腿。护士小姐口气犹豫起来，但最后还是把地址告诉了我。医院就在很有名的超市旁边，想来兽医院的招牌也不小。

我的司机对阿布贾熟悉之极，再偏僻的门牌，他毫不费劲就能找到。而他开车在超市前面的马路上走了几个来回，仍是找不着这家兽医院。忽然一开窍，他把车拐进了一条小巷。巷子里荒草从生，荒草上晾着洗干净的衣服。两旁不规则地坐落着一些棚子，挂有饭店、酒吧、发廊的牌子。依照门牌号码往里走，兽医院应该就在小巷深处。路过一家礼品店，是由一个集装箱大货柜改装成的。据说尼日利亚什么都可能在一夜间消失，不知是否包括此类大货柜。它从某个地方一夜间消失了，再从另一个地方一夜间冒出来时，已经成了个礼品店了。等司机把手里的门牌号码和眼前的对照时，我想他这回一定找错了门。一个锈迹斑驳的大货柜，门框上用白漆懒洋洋写了个门牌号码。我在门口探头探脑，门内昏暗中一声喝问传出来：“找谁？”一听是个女人，我释然了。我说找一家兽医院。

她说：“这就是兽医院。”

假如不是顾虑民族礼节，不愿给她难堪，我肯定转身就上车走了。她问我是不是今天约诊的那位，说医生出诊回来，已经等候多时了。一时找不出逃跑的理由，只好把可利亚带下车来。护士小姐请我替可利亚登记，她要为它建立病例案宗。我看看周围，连个座位都没有，只好站着登记。我一面在表格里填写，一面打量这个医院。迎门摆一张旧书桌，上面有一部电话，一个登记簿，相当于美国医院的接待台。靠墙立着两个架子，腿还站不稳，上面陈列的是本地产的各种狗食品。集装箱货柜内的空间本来已经局促，还用一块布帘隔出了另一间屋来，想来里面是医生，手术床，各种医疗器具。布帘早先是白色，眼下的颜色似是而非。帘子一撩，出现了一位面无表情的年轻男子，个子十分瘦小，穿短袖汗衫和牛仔裤。我心里祈祷，这位可别就是穆罕默德医生。小个子一点儿寒暄都没有，指着可利亚问：“来了？”我心想，谁来了？我说：“您是穆罕默德医生？”他说正是。我发现他眼睛根本不和我对视，只看着可利亚。可利亚给他看得心乱，尾巴在两个后腿间夹没了。他这时看着我了，问道：“听说是癞痢？”我又想，谁是癞痢？看来他倒是把我在电话里告诉护士的症状记得颇清。因为大货柜里温度高，他和护士小姐的黑皮肤油亮油亮。

他抱起可利亚，凑着门口的光线，翻看了一下，似乎自己跟自己说：“还是打一针吧。”这时从门帘里又出来一个男子，一样的瘦小，面无表情。他们捉起可利亚就要往门帘里面走。我这时顾不上给他们留情面了，说可利亚长到七岁从来没打过针，为什么一定要打针？穆罕默德医生说他不认为可利亚得的是癞痢，而是被它自己抓伤之后感染了。假如打针制止了炎症，就证明不是癞痢。如果不好呢？那就是癞痢。他的逻辑没有错，但怎么听也有点荒谬。我跟着他们往帘子内走，他们想阻止我是妄想。至少我得确保他们用的是一次性针管针头：这个艾滋病猖獗的地方难说没有狗艾滋病。进到里屋，我倒吸一口冷气：里面除了一张长方桌，什么也没了。地面上铺的塑料毡面已有多处破洞，破了的地方卷了皮儿，没破的地方染着红药水，紫药水，碘酒，血迹。他们其中一个从抽屉里取出注射包。可利亚预感到处境不妙，锐声叫喊起来。

我问是不是非打针不可。他们不答理我，只是将可利亚按在那张桌上。白色的桌面更不堪目睹，上面布满的各色斑点立刻在我脑子里刺激出一连串恐怖画面。但他们的果敢和毫不解释的态度莫名其妙地镇住了我，我退到了布帘后面，听可利亚的惨号拔着高调，最后到达了它的音域极限，戛然而止。我心里想，料理后事吧。

不久穆罕默德医生抱着可利亚出来了。我一看，它除了抖跳蚤一样哆嗦，其他无恙。医生说明天若不见好就再来一针。我心里说，你想得美。我问他怎么判断它是否好了呢？他说没有变坏，就是好了。

第二天，我发现可利亚的病症的确没有变坏。第三天，伤口结出一层薄痂。又过了几天，可利亚痊愈了。我不由对那个集装箱大货柜里的医生刮目相看起来。货柜是货柜，不耽误人家在里面治病除痛，救死扶伤。一

◆ 可利亚大概直觉里早已认识到本地的一切都不好惹，所以它不像刚来时那样牛气了。

个月后，收到穆罕默德医生的一封信，说可利亚定期检查寄生虫的日子到了。信里没有美国兽医千篇一律的煽情滥情的语言，直统统的一句大实话，听不听在你。此后可利亚在那个大货柜得到各种保健和预防，没有再发生其他不妥。

一天我把它遛到一个门口，从里面蹿出两条狗来。第三条原地不动，只是在两个同伴后面狂叫促战。它们一看就是吃了上顿没下顿的狗，瘦骨嶙峋，身上保留着狗类捕食的敏捷和凶残。两条狗直扑可利亚而来，像当年森林部落突袭外来的殖民者一样。可利亚没经历过真正的民族冲突，它充其量也就跟美国中产阶级的狗们有过一些内部矛盾，吵闹几声，也都是闲来无聊，调侃斗嘴罢了。而现在它马上就断定这两条瘦狗决不是同它调侃，它们的进攻带着种族尊严。我一直把可利亚牵了老远，两条狗还紧追其后，一路呐喊。丛林民族擂着战鼓，戴着面具，挺着长矛的冲锋，就这样让外邦人心虚，无论他们多么自视优越。

可利亚比在大货柜的兽医院还胆怯，拉开四条胖腿疯跑，我给它拖在后面，拖成一挂没有舵的货车。按分量，这些狗并不占可利亚多少上风，但它们对自己领土的拼死捍卫态度，使可利亚不战而溃。在此之前，可利亚优哉游哉，享尽做宠物的福分，一点也不反感生命不可承受之轻。现在它从那个不苟言笑的本地兽医和三条好战善战的本地狗身上知道了一点儿好歹。以后我再牵着它往那一带走，离开三条狗的居处还有一大段路时，可利亚就把狗链朝回拽，说什么也不肯前进了。它算是识时务的狗，多少懂得原住民和外来户的关系。虽是简陋寒疹的医院，要活下去还得上人家那儿求助；虽是饥寒交迫的一窝狗，可你人在矮檐下，不得不低头。盲流户的孩子们再碰上可利亚，它也少了几分优越，偶尔有某个孩子让它握手，起立，它也不会像当初那样白人家一眼，意思说："看我杂耍？就你也配？"它也会不情愿地从命，给孩子们露两手了。

我们一次又走过那三条狗的地盘，没敢走门前，而是回避到马路那一边。狗还是冲了出来，但少了一条。过了几天，我发现确实只剩了两条狗，第三条消失了。据说尼日利亚人爱吃狗，我怕那条狗消失在大铁锅里了。有时晚上出门，从车窗里看见无路灯的街上亮着煤油灯，旁边支开一个炉子，以各种废纸或树枝作燃料，上面一块铁皮，摊放着几块紫黑的肉。过路人用手直接抓起肉来，论肥评瘦，根据肉的大小给钱。有个美国朋友告诉我，那种摊子上有可能会卖狗肉。尼日利亚的牛肉比美国还贵，人均收入却不到美国的六十分之一。我很想问狗的主人，他们是否把那条狗给吃了。但我意识到，这是什么意思呢？要谴责人家吗？告诉人家吃狗有多野蛮吗？又是一个外来户对原住民的优越态度了。一个挣扎在温饱线上的民族自有他们自己的主次，也自有他们的善恶准则。可利亚在我们这儿做宠物，上人家那儿说不定就得做肉，我们不能强求别人把他们的狗也做宠物。可利亚大概直觉里早已认识到本地的一切都不好惹，所以它不像刚来时那样牛气了。

张金凤和李大龙

张金凤乖巧、漂亮，两只乌溜溜的大眼睛，妩媚而幽怨，一张嘴地包天，略有些显贫贱，不过它安贫乐道，本分地做它的中华田园犬。之所以给它取名“金凤”，并挂靠“张”家，图姓氏大，旺它的小命。我见到它时，它大概四个月。

李大龙是个男狗，白底黄花，脸很清秀，但性子很驴，拴它的绳子给咬断过几根，因此换成铁链。它才三个月狗龄，已经咬过一个企图逾越主人家边界的人。

张金凤和李大龙同属一个姓李的主人。这对狗娃一个被拴在主人家大门的最西边，另一个则是最东边，想在一起玩耍是不可能的。只要我走近，拍拍它们的头，它们立刻会两只前爪趴下，屁股撅起，娇滴滴的声音就在嗓子眼里，那是狗请求跟你玩耍的姿态。只要你接着逗，它们就会又蹿又跳，尾巴都要摇断了。两只狗娃子太欠缺玩耍了。第一次来到李家是二〇〇四年秋天，那次我在李家住了两周，从李家老主人嘴里掏了不少故事。后来那些故事被我写进长篇小说《第九个寡妇》里。我跟李家二嫂下过几次地，刨了几个红薯，摘了几朵棉花，正经扮演了几天农妇。后来听说老主人去世，我又来到李家，发现窑洞房都没了，搬到了地面上宽敞明亮的平房里。李家的男主人，我叫他二哥，因为他还有个长兄在村里教书，那是大哥。二哥属于最聪明的农人，手脚闲不住，脑子也闲不住，平房对面的一间大厂房，就是他经营着，收入养着一家三代人。二哥性格随父亲，最热爱的事业是勤劳致富。我一共在李家住过三次，从第一次到第三次历时八年，眼看二哥的财富积累起来。李家老主人在解放初期被划定为富农，因此李家致富的起点比村邻都低，但几年下来又成了村里数一数二的财主。估计再来一次财富分配，二哥再回落到无产，只要给他几年太平日子，他照样会攀升到全村首富。像二哥这样的农人，他们生命的嗨点不是享受财富，而是创造和积累财富。

李大龙和张金凤在见到我之前是没名字的。我问二嫂：小黄狗叫什么？二嫂笑眯眯地回答：叫小狗。我又问：那只花的呢？二嫂同样笑眯眯地回答：叫小狗。都是春天收养的。谁家下了小狗，养不了那么多，李家就抱过来，拴在门口，叫叫，也能吓唬人。二嫂和村里的女人们一样，对所有生命的态度都是坦然而宿命的，谁有个小猫小狗，不愿养活了，我就养活着，并不宠它，饥不着冻不着，就那么养活着。第一次住在李家的时候，老见一个七八岁的女孩儿，棉袄棉裤外总罩着一件粉红色的连衣裙，质地是尼龙纱，似乎是大姑娘的晚礼服。二嫂告诉我，这是个"黑姑娘"，就是没身份、没户籍，不知谁超生的，生下就被搁在村口，让一个村邻给捡回来养着。每到饭点，二嫂就催女孩儿：该回家吃饭了，你不回，你妈会急不会？女孩儿不回家，二嫂便多摆一双筷子，给女孩盛一碗捞面条，或者

◆ 只要我走近，拍拍它们的头，它们立刻会两只前爪趴下，屁股撅起，娇滴滴的声音就在嗓子眼里，那是狗请求跟你玩耍的姿态。

一碗撅片儿（面片儿），甚至一盘饺子，总之赶上李家吃什么，她就吃什么。施予者和接受者同样稀松平常，没有一句安慰怜悯的话，也没有一句感恩戴德的话。据说女孩儿串门串到谁家，赶上那家吃什么，都会有她的份。“黑姑娘”其实是全村人养活着。大概因为吃得杂，女孩儿个子长得很大，体量也可观。遇上哪家有杂役要差派，吩咐女孩儿出力，她也是肯出力的。我见过女孩儿的妈，整天忙得蓬头垢面，养活着三个孩子，一头奶牛，奶牛又养活着她的一家。人与人、人与牲畜的关系，在这里半点书生气也没有，毫无矫情，有的就是二嫂那种漫不经意，自在自然。

记得李家二哥请我去村里一个老乡开的饭馆吃饭，主菜是一条大鲤鱼。村里人口重，鱼烧得又辣又咸。饭后，二嫂收集起盘子里的鱼头鱼骨，顺便包起剩余的米饭，回到家里，把鱼头鱼骨拌了米饭，倒在两条小狗的食盆里。我很吃惊，问二嫂：狗娃子吃鱼骨头不会卡喉咙吗？ 二嫂笑眯眯地说：没卡过。我见张金凤吃得那么幸福，嘎吱嘎吱地咀嚼鱼脑袋鱼骨头，幸福得直哼哼，就没接着表达我的疑惑。我心里想，没卡过，应该加个

“还”，英语是“NOT YET”，还没卡过，但不等于下一秒钟不会卡。李大龙吃东西文气些，鱼骨架先给叼出来，吃完了米饭再慢慢对付。

那次造访李家是冬天，夜里气温接近冰点，张金凤和李大龙都是三四个月的幼狗，被拴在冰冷的铁链上，一整夜躺在冰冷的土地上。那一夜我觉得冷，身上似乎相加上两个狗娃的冷。第二天，我来到李大龙面前，蹲了好长时间，又来到张金凤面前蹲下，摸摸它冰凉的皮毛，好久没站起来。这天我跟二嫂建议，两只狗娃可以由我领着出去遛遛。二嫂嘱咐，别让它们咬了人。我一手牵张金凤，一手牵李大龙，在田野里走着，也在村里的大街小巷走着，但凡路过拴着狗的门户，张金凤就会凑近那只狗，舌头斜歪地耷拉着，地包天的嘴形成一个弯月，笑得可好看。不仅是笑，更在于炫耀：瞧我，哪儿都逛，你呢？……李大龙表达炫耀方式不同，对着被拴的狗叫几声，扑几下，意思是：我就扑你了，你怎么着？有本事来追我！等到第三天我遛它们，张金凤简直狂得骨头都轻了，甩尾巴带动着屁股，就那么扭着屁股从被铁链拴着的狗们身边逛过去，那些狗嫉妒得眼发绿，对着它和李大龙狂吠猛扑，但铁链的长度决定它们的活动半径，最后只能气咻咻地停下，十分不甘，吠叫成了呜咽，让张金凤和李大龙走出它们眼巴巴的视野。张金凤那一刻美得，简直忘了自己是条中华田园犬，只要它能直立，它就跟我这个两足兽平起平坐了。

快要离开李家的时候，我试探着问二嫂：能不能让两个狗娃到屋里过夜，外面太冷了。二嫂吃惊地反问，小狗睡屋里？似乎这是她从来没听说过的谬误。也似乎惊讶，我这么大的人了，还这么一股学生腔，跟牲畜发嗲。我有点不好意思地说：两个狗娃还小，会冻坏的。二嫂说：冻不坏，就没听说小狗能冻坏。我们这番对话是在大门口进行的，张金凤和李大龙都静悄悄的，眼睛一眨不眨地看着我们，似乎明白这段对话关乎它们的直接利益。二嫂没有再说什么，她总是笑眯眯的，赞成与否定都在心里。第二天我要回北京，对二哥二嫂说，真有点舍不得这俩小狗。二嫂问她脚边的李大龙：小狗，想去北京不想？我看见了机会，对二哥说，我北京的家倒是缺看家的。二哥说，那你带走呗。这么好的运气让我不敢搭腔。我想，那也是张金凤和李大龙的好运气，到了北京就有人天天遛它们，一天三次逛长安街。二嫂继续跟狗们说话：恁俩可美呀，住到北京去了，我才去过一次北京！我问二嫂：你舍得？二嫂说：有啥舍不得？不定开春谁家的狗又会下小狗，没人养，给我抱过来。我想，"黑姑娘"也一样的，年年有人生，个个都被养活着，二嫂的自然观、存在哲学真是朴素。要是都像城里人那样，养一个，宠一个，自然是养不起。

我记得李家老主人在世时，带我去看过一个窑院。这种深宅大院是在地面上挖一个方形的大坑，四米深，像一口巨大的方形水井，四面井壁上掏出空间，再用砖砌成拱形，这就是此地的窑屋。从地面看下去，窑院里种着四棵泡桐，跑着小羊羔，也跑着三个小女孩儿，据说都是"黑姑娘"。"黑姑娘"们唯一不如人的是，她们长大了上不了小学。本地语言称男孩儿为"孩子"，女孩儿为"闺女"，老人告诉我，这家生了三个小闺女，还没生出孩子。他们会一直生下去，直到生出孩子。那些年计划生育干部多凶啊，但也没把“黑姑娘”们如何，拆屋扒墙吗？他们的墙长在泥土里，屋顶被你踩在脚下，还能低到哪里去？大不了挪块儿地再去挖个坑，挖出院子和屋来，种树养家畜生孩子，养活着一切可以养活的，循天理天条，生生不息，物质不灭。

等我回到北京，我一个在洛阳工作的发小替张金凤和李大龙办妥了托运手续，交给了一个在火车上当乘务员的熟人，两只乡村狗娃就此进京。不久我带女儿从柏林到北京度假，阿伊莎（严妍）见了两只幼犬欣喜若狂，立刻用iPad拍了许多照片和视频，发给了她在柏林的小朋友。李大龙非常聪明，很会观察人，发现你对它真有兴趣，它才默默来到你膝盖下，轻轻摇尾，邀请你抚摸它，但它从来不过分邀宠，接受几下抚摸，就默默走开，卧在一边，对假装有兴趣的人，叫它它都不理睬。张金凤却缺些心眼儿，缺点儿眼力见儿，无论是谁，进门皆亲友，上去便拥抱，地包天的嘴满是讨人欢心的笑容，但它毕竟是姑娘家，知道自爱，第二天便懂得柚木地板不可撒野尿，每天三次定时出门如厕。李大龙如厕是情绪化的，心情好便在门外方便，你哪里得罪了它，它就用便溺回怼你。两只狗一直养在我的北京公寓里，由一个叫娟子的年轻女孩照顾。阿伊莎每到北京就跟它们腻几天，拍一些录像，给同学们续上两只中国农家狗的连续剧。

父亲去世后，我把张金凤和李大龙送到了我在通州购置的联排别墅，据说李大龙驴性子又发作两次，差点咬伤一个小区保安，因为保安闯进院子，为某事训斥娟子。张金凤倒是一直温柔乖巧，两只大眼睛总微含泪光似的，如怨如慕，能勾引你与它私奔。李大龙长得也好看，白毛雪白，黄花上显出一层油亮的褐色，并且它性格刚烈，爱憎分明，忠诚有加，跟熟人很哥们儿，陌生人靠近院子一步它都不干。我们家是一排别墅最末尾一家，把西北角，前院西面北面筑有铁艺栅栏，若有一个陌生人走过来，李大龙便能跟着他叫、扑，从西到北，一直吠到那人不见了，它还把脸挤扁在铁艺镂花上，叫到自己把自己噎住。娟子为它俩勤洗勤梳，把张金凤和李大龙每天收拾得毛色锃亮，并认真执行一天遛弯三次的规定。有天她犹豫着跟我说：咱的张金凤也不纯。我问她听谁说的。她说听小区邻居这么评论的。小区住的邻居们都以富人自居，进出宝马、奔驰，遛的狗他们也卷着北方舌头报出高贵的西洋品种名称：拉布拉多、喜乐蒂、雪纳瑞……我们这两只农家狗来到此地，走在开发商花了高价请高级设计家设计的园林中，似乎降低了小区的档次。两只村野犬类在修剪得跟绿色板寸般的草地上不知天高地厚地追逐撒欢，连他们都难为情。娟子似乎为此也被人看得低人一等了。她怯生生告诉我，张金凤要是纯种中华田园犬现在也值钱了，因为中华田园犬只剩了五百多只，濒临灭绝了，可惜它也是个串儿。某个邻居说它的地包天是串了京巴，间距颇大的眼睛可能是串了斗牛犬，总之是串得一塌糊涂，纯粹的杂种野种。邻居不无嫌弃地问：你家老板是干吗的？意思是也不验查一下社会等次就混进这个高档居民点来了，似乎混进来的我会把高档邻居们给“串”了，害得小区不纯种了。娟子骄傲地回答她：她是作家！邻居不语了，不知懂没懂作家是什么行当。但我女儿一视同仁地爱着张金凤和李大龙，以它俩自豪，她告诉同学，我们家有四只狗，老大叫壮壮，是爸爸的狗，老二叫嘟嘟，是妈妈的，我有两只狗狗，一个叫张金凤，一个叫李大龙。她浑然而无邪，认为这是世界上最美的两只狗，蓬勃的生命力就是最高级品牌。她为着她的两只狗常常请求回北京探亲，它俩的成长和变化，她都炫耀地向同学们持续报道。

我的计划是等壮壮和嘟嘟老去后，再把张金凤李大龙办理出国，带到我们届时漂泊到的任何国度。但娟子要结婚了，结了婚又要生孩子，不让她回老家去生养不可能，于是就在娟子老家持续我和她的养狗合同，让她把张金凤和李大龙带到她河北老家，由我从北京给定时运狗粮过去。一年，两年，三年过去了，壮壮终于老去（我的遗憾痛惜在另一篇文章里详有记载），而且我们决定暂时停止漂泊，在柏林收起风帆。为了预留出养四只狗的空间，我挑了一所院子巨大的房子，将其置买下来。有一次我无意中打电话给娟子，问起两只狗的情况，她说李大龙本性难移，咬过家里人一口，而张金凤温柔如初，很招人待见。她说她家院子大，老公常在外跑生意，常常就把她和儿子剩在大房子里，夜里有两只狗在院子里做保安，儿子和她可以睡得安稳。我问：你把两只狗放在外面？她说村里所有的狗都拴在院子里啊，不然怎么看家护院？我心里一声叹息：兜了这么大一圈，张金凤、李大龙又回到被铁链拴在大门口的原点。娟子老家可是避暑胜地，冬天气温零下十几度。我想，当时不就是为了改变它们天寒地冻露宿户外的命运，我才起念头领养它们的？

壮壮去世后，我觉得是时候了，该接李大龙和张金凤来柏林了。那时因为我丢失了手机，也丢失了娟子的号码，所以去年夏天我请一个朋友转告娟子，我要去她老家接狗。不久朋友转告我，别接了，张金凤已经死了。什么？！怎么死的？！它才五岁！是被人打死的。那么温柔的张金凤，怎么会遭人恶揍、揍之毙命呢？我立刻要来娟子的号码，给她打电话过去，问事发经过。娟子说，她也不知道是什么人、因为什么打死了张金凤，只知道它走失几天后，有一天在河里出现了，浑身伤痕。假如说倔强的李大龙遭遇如此非命，我稍微能理解一些，但张金凤……？！我又问：那么它不见了好几天，怎么没人去找呢？娟子说：两只狗白天就在外面跑着玩，以为上谁家玩忘了。原来它们白天回归自然，享受野趣，晚上当保安值夜班。我心里很痛，口中无语，就放下了电话。挂线后才想到，忘了问张金凤是哪年死的。也许是去年？也许前年？……晚上女儿放学回来，我告诉她，张金凤不在了。她哭起来，问我怎么会呢？我当然无法告诉孩子，它死得很惨，很痛。既有今日，何必当初救它？假如它跟李大龙还在李家二哥大门口待着，还被铁链子拴着，现在肯定已接受了二嫂那种存在哲学，断了遛弯的念想，安于看家狗的本分了。都说人有天命，看来狗也有。上帝是不能扮演的，你以为你插手了一只狗的天命安排，截断了它吃鱼骨头、露宿寒冬野外的生活，是为了它好，拯救了它，其实只是自己太自负。本来，天人合一，张金凤和二嫂全家，世代都这么漫不经意地存在过来的，要你插什么手？人畜相生相克，相互养活着，一条天然纽带延续了千万年，我这种书生气的拯救，其实是做给自己看的，让自己心里舒服，少一分不忍，然而没有发现其中的造作和矫情。二哥一家的命都很结实，正如“黑姑娘”们，正如那些无怨地接受每天被挤奶的牛们，每天被取蛋的鸡鸭们，每年被宰杀的猪羊们，每季被开垦的田野们……

穗子的动物园

壮壮小传

领养壮壮是我心血来潮的后果。二〇〇六年深秋，我去河南郑州参加一个电视节目，好像是给一种塑身内衣站台，同行的还有两个女演员。赞助者之一是个深圳老板，闲聊当中掏出壮壮的照片，四个月大，一个小憨子，陷在毛和肉褶里的两个小黑洞应该就是眼睛。老板说他不得不放弃壮壮，因为他还有一个小比熊，岁数长于壮壮，却被壮壮咬了，从此他一屋不容二犬。众人一听，多少有点失望，似乎它那罕见的憨态只是迷彩服，为它的兽性打掩护的。我心想，改变一个人的本性几乎不可能，人性太复杂太叵测，弗洛伊德一生那么多著述，也只是初探。但对于一只幼犬，改变它的狗性，我还是有信心的。

壮壮被空运到北京，连它的身价带运费一共八千元，我为内衣站台的出场费已经去掉了百分之八十。那天我有事，所以去机场接应壮壮的差事就由一位会开车的闺蜜担当。这位廖姓闺蜜极爱动物，接应壮壮是她主动而踊跃应下的。她接到壮壮立刻给我打手机，声音激动，却略带惊恐，原话如下："好大一个家伙！哪是四个月大的儿童狗？！"我说，难道前主人记错了壮壮生日？当时我在外办事，一时无法回家，只好请她把壮壮先送到她的一个阿姨家，等到晚上再送到我家。仅仅几小时的寄居，就发生了惨案：壮壮咬了阿姨企图抚爱它的手。与壮壮尚未谋面，我心里已经暗叫"上当！"第一，它冒充狗儿童；第二，它不仅咬狗还咬人！但我极爱动物的闺蜜在电话里一再护短，说阿姨爱抚不当，可能吓着壮壮了，并且……壮壮长得实在太可爱了！似乎可爱就能冲抵它的兽性。我摁下忐忑的心，请闺蜜把狗送到家里。当时莱瑞被派驻非洲，一岁半的女儿不能随行，因为美国大使馆已经发生过婴儿死亡事例，若孩子随行就要往她身上注射十几种疫苗。我们夫妻商量，那么多种针剂进入她二十斤不到的小身体，不病死也会给针打死。所以我们决定先将女儿留在国内，反正非洲任期就要结束了。女儿暂时由我爹和继母带着两个保姆看管，老爹是作家，继母是优秀电影演员，学前教育就齐了。再加上壮壮的到来，孩子多了个玩伴。据说婴幼儿在学语前，是可通鸟语兽语的。我但愿人语尚不通的女儿，可以跟壮壮发生他们非语言的神秘沟通。其实我领养壮壮的目的之一，就是想让一个狗儿童和人类儿童相伴成长，在孩子进入真实世界前，先置身童话世界。

我一见到壮壮，就断定它隐瞒了年龄。这匹小狮子绝对不止四个月，应该已完成了青春发育，正当青年时代。但确实如闺蜜所形容，它是绝无仅有的可爱，呆萌到了令你心尖作痛的地步，举止又是懒洋洋的，很难想象它具有任何暴力倾向。我有爱慕外表的弱点，自然对壮壮一见倾心，瞬间向自己更向家里人隐瞒了壮壮咬人咬狗的前科。我回到非洲不久，就听闻了另一桩惨案，壮壮又一次肇事流血事件，这次的受害者是我的继母！太过分了！父亲说，要是不把它送走，壮壮下一个靶子很可能是一岁半的妍妍。我请我老爹暂时先容忍壮壮，尽量别招惹它，等我回国再作处置。再次回国的时候，莱瑞已经被派驻台湾，我从台北回到北京，刚走进小区就看见保姆牵着壮壮沿着西坝河畔遛弯，壮壮见到我，立刻挣脱狗链冲过来，一头扎进我怀里，亲热得就像它早上刚送我去上班。这只爱咬人的家伙竟又如此的好记性，又如此重情义，还会如此热烈地表达情意。它两只傻大憨粗的前爪搭在我小臂上，似乎不是在拥抱我，而是要跟我摔跤，蓝色舌头吐出来，哈着带狗粮味儿的气息，两只深陷在毛和肉褶里的眼睛更是眯缝没了，我相信这就是狗的大笑；它笑得那么好，远比人真诚、无辜。

我想到此行的目的：处置它，心里刺痛一下。只有一个方法处置它，把它送到流浪狗收容站，假如它在那里再犯案，等着它的就是终极处置。

回到家，我发现女儿不仅跟壮壮玩儿得很好，而且玩儿的方式包括骑在它身上，拿它当小毛驴。当然，一岁零十个月的女儿一旦拿它当驴骑，结果总是人仰马翻。我想，狗善才不欺弱小，狗善也任人欺。我老爹笑着抱怨说，你看见了吧，每天就是这样人仰马翻、鸡飞狗跳地过。我说，那只好把它送人了。老爹一听，脸马上悲愁起来，看着壮壮的眼神是那样不舍。似乎是为了替壮壮求情，老爹解释了壮壮咬伤他爱妻的经过：一只刚刚端上餐桌的红烧肘子被壮壮叼到沙发上，正待肉凉一点好下嘴，被我继母看见了。她满脑子是这只肘子是如何一道功夫菜，烹饪工序如何费时费工，这道菜又如何是我老爹的最爱，等等，就是没有想到与狗谋肉跟与虎谋皮一样危险，伸手就抢夺壮壮面前的肘子。她的手刚接近，壮壮就呜呜地发出警告。可是女主人毫不领会，坚持要将争夺战进行到底，结果……就是我在非洲听到的血案。

夜里壮壮跳到我床上，睡在我脚边，像个小老头一样打呼噜。它对我死心塌地的信赖，就在那呼噜里。可我要处置它。听说松狮犬的内心和它们彪悍的外表正相反，内心十分细腻脆弱，被抛弃之后它们会悲伤，会悲伤得患抑郁症。每一次主人的离开，它们都会经历一次分别焦虑，会失去安全感。这就是为什么壮壮在小区院子里见到我会那么狂喜；在它几个月的分别焦虑症的那一头，竟然是一场惊喜，它证实了自己没被抛弃。在它被弃儿的焦虑折磨的同时，它是易怒的，那也就解释了它为什么咬了那位阿姨。想象一下，它被前主人出售，又被关在笼子里抬上一个莫名其妙的密封空间（飞机货仓），那活棺材的混账空间还嗡嗡响，响得震天动地，噪音进入它的头脑，它的神经，它的每一毫米存在……并且黑漆漆伸手不见五指，连空气的质感都那么不同，似乎变成了半固体，使劲压进它天鹅绒般的耳朵，直压向它的耳膜，耳膜肯定被压得扁平了……它想不起它造了什么孽要受那种酷刑。空运三小时，它发现自己被流放到一个陌生的城市，这城市的人类在它看来更加无情地繁忙和对它不屑一顾。它眼里，每一个凑上来的人类面孔都那么陌生，每一只伸过来的手，在它看来都那么敷衍，甚至带有加害的可能。它焦虑、绝望地想念那个把它养大的人，期待下一刻他可能的出现，而他一再的不出现急速加剧它的焦虑和绝望……而就在此时，一只陌生的手触碰了它的脑袋顶端——它最尊贵的狮子王冠，于是它表达了拒绝，不幸的是，它的表达是犬类的，以牙口体现的。

我听着壮壮梦见天堂的鼾声，觉得它不该经历我的背叛。第二天，我向父亲宣布了我的决定，把壮壮带到台北，和妍妍、可利亚做伴。可利亚当时九岁，两只狗之间的尊卑地位，将要有一番对决，但我相信，最终它们会物以类聚，相亲相爱。

事情却不像我想的那样简单。台湾是岛屿，对外来生物的检疫十分严苛。可利亚不能从非洲直接进入台湾岛，要到美国兜个大圈子，在美国住满六个月，再抽出它的血培养，各种数据证明它体内不存在任何疫菌，才准许入境。所以我们把可利亚寄放在莱瑞的父母家，六个月后把它运到台北，又在检疫隔离中心隔离了一个月，才得以释放。可利亚来到我们台北的家里，已经狗瘦毛长，老了好几岁。即便有外交官的各种特权各种豁免，人家台湾还是一口回绝壮壮的登岛——凡是来自中国大陆的动物，一概不得入境，啪！法规的惊堂木斩钉截铁敲下。

前门后门都走不通，唯一的可能，是把壮壮运送到美国，托人给它假造一个出生证，冒充美国狗公民，再将它的血样本寄到台湾，获得批准后再登岛。莱瑞第一不同意给壮壮伪造身份，第二不愿再麻烦他年迈的父母，把壮壮寄养在老人那里。从体积上说，壮壮是三个可利亚，光是遛狗，也够老人受的。再说，谁能担保壮壮不会故态复萌，给两个老人留下血淋淋的纪念？

父亲说，哎哟，台湾真是小里小气的！他不愿意我为难，说壮壮暂时由他来照料，等我们的台湾“外交”使命完成，搬到一个心胸更开阔的地方，再把壮壮还给我。

所幸的是，壮壮已经潜移默化地征服了我老爹的心，他的生活中已经不能没有壮壮。每天他出门购物或散步回家，壮壮听到他的患早期髌骨软化的拖沓脚步声，总是提前来到门口等候，他的钥匙刚拧开门锁，它就做好了拥抱准备，但壮壮的熊式拥抱十分没轻没重，每次都险些把老爹扑一个屁股蹲儿。因此他老伴儿在一边看得提心吊胆，总是大声劝壮壮：行了行了！可以了！同时就插身到人和犬之间，可老爹对壮壮的亲热感到特受用，隔着老伴儿还不断伸手拍它的狮子头，或握它的熊掌，盛年的壮壮，尤其狮头熊身，威风凛凛，吼叫起来整座楼都是它的共鸣箱，整座楼的邻居都是它的粉丝……整座楼，除却隔壁那一家。隔壁的小两口不仅不待见壮壮，而且对壮壮怀有阴暗的敌意。

那是北京打狗运动的开始。豢养大型犬的人家都做贼心虚，跟邻居相处都有点低眉顺眼，生怕相处失和家里的犬类成员遭到举报。一天夜里，大概三点左右，隔壁不断爆发大叫大喊，顿足暴跳，酒瓶子瓷盘子相碰的噪音，在凌晨响得那么刺耳。我是慢性失眠症患者，好不容易入睡，中途被吵醒再睡回去简直就活受罪。于是我敲了敲墙壁，请他们轻声些狂欢。我当时不知道他们喊叫什么，第二天才发现，另一个国度在举行足球赛，他们邀约了一伙人，为某国球队喝彩，或者痛惜。足球本身醉人，能把清醒理智的一个人瞬间醉得两眼充血，何况邻居的一群朋友一场球喝掉两三箱啤酒。酒醉，球醉，醉得惊天动地，于是我便今夜无眠。我敲击墙壁的后果是醉汉们动静更大，表示此刻不疯的人才真有病！于是乎，天花板都要被他们掀掉了。第二天打狗队来到我家门口，敲开门，说根据这楼的邻居举报，我家豢养兽状大犬，一次冲出，差点把个孕妇吓得流产。（我蓦然想起，隔壁邻居的太太是有身孕的。）所以他们特地登门，缉拿大犬。万幸壮壮当时不在家，保姆带它去兽医站了。老爹便谎称，那是朋友的狗，常来此地做客，现在回家了。等打狗战士们离去，父亲知道壮壮已经被惦记上了，举报者跟我们一墙之隔，防不胜防。因为我敲墙给他们的足球狂欢扫了兴，他们要壮壮为此付出代价。打狗队肯定不会相信老爹的谎言，一定会在小区设下暗哨，伏击壮壮。除非壮壮会用抽水马桶，否则一天三次出门如厕，躲过初一躲不过十五。

老爹做出决定，把壮壮送到乡下去，暂避风头。他相信很多厄运躲一躲是会躲过的。他一生遇到无数劫难，迎头硬撞，好汉就吃了眼前亏，但看起来天大的事，往往躲一躲就不是事了。打狗跟所有“严打”一样，大家的热情宣泄光了，事情就躲过去了。

但是那次打狗运动似乎比历次各种“严打”都有后劲，因此壮壮一直躲在我老爹的前保姆宋姓女士家。宋女士家在北京北郊，据说居住面积很宽裕，可以省出个角落给壮壮下榻。事先谈好条件，壮壮的托儿费加房钱每月五百，狗粮另算。转眼壮壮乡下寄居了一年，城里的打狗战役一场接一场，人们还在恋战，所以让壮壮贸然进城是危险的。有一次我忍不住了，提出看一眼壮壮。一天天擦黑，壮壮被秘密地走私进了小区，做贼似的进入了我们的楼道，我们事先还派人打探，那两个举报者没有在同一时刻出现在楼道里。壮壮是裹着一条脏毛巾进门的，毛巾掀起，我几乎否认这就是先前的狮子王壮壮：它浑身的毛几乎脱落一净，背上到腹下，整整一尺宽的地带一根毛也没有，并且满是疮疥。没了毛的壮壮见到我，还是剃头挑子一头热地扑将上来，犹如离乱重逢，可悲的是它不知道，在我眼里它已宛若他者，更不知道我是爱卫生的，对于满目疮痍的它，我很嫌弃，也戒备。唯一剩下些许毛发的部位是它的脸，那脸上挂着永恒的壮壮式笑容，大大的笑容，眼睛又没了，深蓝舌头挂到下巴。它笑，因为它觉得这回可熬到头了，总算又回到了我身边。等它稍微安静，我围着它转了一圈，意识到，那道不毛之地正是给它穿狗马甲的地方，狗马甲可以避免狗链勒脖子。原来这件狗马甲一年多从来没有被脱掉过；一年多壮壮被铁链拴在野地，风雨霜雪，马甲湿了又干，干了再湿，沤糟了皮肉，使那身傲人的金红毛发全部脱落。这大概就是上海俗话说的瘌痢，一种叫花子得的低贱皮肤病，平时微微发臭，热天痒起来，命都不想要。而壮壮是无法给自己解痒的，哪怕在粗糙的树干上搓一搓也好，可它不分昼夜地被捆绑在铁链上，固定在木桩上。壮壮的受难，似乎不能归咎于任何人。作为临时养狗员的宋女士，对人生，对万物，对大自然，自有她那种听天由命的态度。她度过了人都活不好的年代，一条狗不缺吃不缺喝还不干活儿，就够有福了。她把壮壮带回来的时候，完全懵懂无辜：难道一个畜生生点癣害点疮不是最正常的吗？宛们村（俺们村）得疥疮的人不照样活得好好的？再说了，这畜生也没耽误吃耽误喝呀！宋女士把壮壮养在户外，让它见证四季更迭，这正显示了她天人合一的世界观。

我当即决定搬家，搬离隔壁的告密者。当时我们住的地方处于二环和三环之间，叫西坝河南路，我听说大型犬养在四环之外就没事，一个朋友介绍说，四环有一处旧楼价格不贵，尺寸挺大，拾掇拾掇适合我们老少人犬杂居。旧楼属于北京最早一批涉外公寓，届时外宾们都搬走了，大部分居民是有了一些钱的北漂。因为救壮壮心切，我马上就跟卖方签了协议，经过两个多月的装修，我老爹带着他老伴儿，我带着壮壮搬进了那套两百多平方米的公寓。相安无事了半年，打狗战役居然突破了四环天险，直朝我们那个小区扑来！刚刚更改的法规说，四环外也不允许养大型犬，拥有大型犬的居民必须撤退到五环外。刚刚安顿下来的我们，总不见得再到五环外去买房？……

壮壮经过打针服药，每天泡药浴，总算有所起色，那身叫花子的瘌痢渐渐退去，新生的皮肤上萌生了一层柔软的金色毛发，胎毛一般。胎毛是没错的，它好比是脱胎换骨，重生一回。小区的每一个保安都爱上了壮壮，尤其那些谎报年龄的保安。之所以怀疑他们谎报年龄，是因为他们看上去只有十五六，脸还没刮过，脸像壮壮一样呆萌。问起来，他们红着脸笑道：都二十出头了！他们脸红，是因为不得已漂流到首都，为挣一份保安的薄酬而谎报年龄。这些玩具兵保安见了壮壮就走不动路，必须蹲下来，搂一把，撸撸毛，笑得跟壮壮一样憨厚无邪。于是小保安们在壮壮和打狗队之间，选择做壮壮的线人，一旦打狗队逼近，他们就给我家打电话：“把壮壮藏好哦，这会儿可千万别出来遛弯！……有尿也憋着！……就让它在家里尿两泡又咋着？”壮壮晚年的膀胱炎，这时的生活方式应该对其负责。壮壮躲过了初一，躲过了十五，在高潮迭起的打狗运动中进入了它的青壮年。不知从什么时候开始起，我发现壮壮的视力减退了。因为躲打狗队，所以只能在天黑之后带它出去遛弯，我发现它有时拐弯拐早了，撞在了墙上。带它去兽医院检查，诊断说它的眼睛长期在化脓。为什么呢？因为松狮天生上眼袋巨大，形成一对大肿眼泡，眼睫毛容易倒长，倒睫引起眼睛发炎、化脓。只有动双眼皮手术才能治疗这种眼疾。那好，就开双眼皮吧，在北京开双眼皮很流行，人能开，狗为什么不能？但兽医又说，知道吧？松狮这种狗都是近亲交配产生，越是近亲交配，种越纯，最纯的比赛犬就像壮壮这样，浑身都是毛病，千分之五的它们会死于麻醉。听上去，壮壮上手术台前是要留遗嘱的。兽医又说，还有一个选择，就是保守治疗，每天三次给壮壮用消炎眼药膏，不行再加口服消炎药，比一剂麻醉送命总要强些。

消炎药膏倒是让壮壮停止了化脓，但那药膏比脓也好不了多少，壮壮依旧要从浓厚的一层淡黄后面看世界，世界于是成了缺乏光亮、昏昏然的淡黄色。这就是为什么打狗队员突然出现的时候，壮壮跑错了方向；应该跟着遛狗员小刘往楼道里跑，然后紧急进入电梯，电梯直奔十层，壮壮直奔我家，再直奔那个四米方圆的小壁橱。关上壁橱的门，楼道里是听不见壮壮吼叫的。况且打狗运动到了持久战年头，壮壮也懂了不少人间道理，冥冥中知道自己多少是个黑户，公开招摇就会招来灭顶之灾。它此刻学得很乖，很配合我们给它安排的逃犯生活。只要它进了家门，保安就可以跟我们里应外合，跟打狗战士敷衍，在三座楼里绕弯，绕到打狗队认输离去。可是壮壮隔着眼药膏看到的世界一定昏黄一片，小区内的灯光暗，街灯比较亮，它便越过打狗战士，向着光明的大街冲去。遛狗员小刘紧跟着追去，尽管壮壮眼睛半瞎，还是很快甩掉了小刘。追了一个街口，壮壮就没了。那是很热闹的大街，七点左右，下班高峰还没过去，任何一秒钟壮壮都可能倒在车轮下。小刘顺着壮壮消失的方向跑着，祈祷着，壮壮你就顺着这一边跑，可别横穿马路啊！小刘是在地铁门口找到壮壮的。壮壮跑到地铁口彻底把自己给弄丢了。透过淡黄色的浓稠膏体，壮壮看着淡黄色的地铁口呕吐出一团团淡黄色的人群，都浓稠得分不出个儿来。一些手伸出来，摸摸它的头，它的背，一些脚停下来，同时冒出惊呼，虽然壮壮不懂人语，但它听得懂赞美。壮壮很经夸，怎么夸它，它都不卑不亢，宠辱不惊。于是它在地铁门口坐下来，让进出地铁的人去夸，反正它也不知道该往哪儿走了。

小刘一路打听，路人告诉他，是看见一只松狮往地铁方向跑了。小刘不知道，他背后还跟着一个打狗队。小刘见到正在接受赞美的壮壮时，眼泪马上流出来。打狗队此刻也追上来，小刘牵着壮壮就跑。都叫他小刘，可小刘也四十好几了。壮壮在前面拉着狗链，小刘给它拉成一辆车，一路向五环跑。小刘有个侄女在五环外一个村子里，小刘想，打狗队假如真追到那儿，侄女的村邻们可以阻击。跑了四五公里，小刘停下来，身后一个人都没了。狗急跳墙我没见，但人急了创纪录，我相信，此次小刘创下了自己的极限纪录；他一辈子也没跑过那么远，那么快。小刘此刻站在通往郊外的朝阳北路上，大喘如风箱，心脏似乎已经跳到了胸腔外。十几年后小刘心脏搭桥，估计跟此次疯跑有关。

我终于下决心，给壮壮做眼睛手术。兽医说壮壮的左眼只剩下零点一的视力，几乎全瞎，右眼略好，但也在失明的轨道上迅速滑坡，无法逆转。假如尽快手术，至少它的右眼可以保住现存的视力。但风险也是有的，壮壮有千分之五的麻醉过敏可能。过敏它就没命了，兽医强调。定好日子，壮壮按时上了手术台。麻醉药是用静脉送进它身体的，大概两三分钟，手术师奔出来通报噩耗：壮壮麻醉过敏，已经死得差不多了，心脏都停止了，粪便都失禁排出来了……壮壮恰巧或不巧地属于那千分之五的珍宝级纯种松狮。兽医问我，救吗？我说救啊！要打强心针，要上电击，最少一千四百元，还不一定救得活，还救吗？我说还问什么，快救吧……最后几个字被眼泪淹没了。急救在手术室进行，我在外面给壮壮的一生做结论：壮壮短暂的一生是蹉跎的，雄狮般的壮壮命是苦的。

等兽医再出来，脸上都是汗，让我进去看看。侧卧在手术台上的壮壮前爪上插着管子，肚皮一张一弛，鼻子轻轻吹哨，我凑到它脸前，发现它的眼睛是睁开的。它从麻醉和死亡中醒来了，正养神呢。我摸摸它的头，它侧过脸，把鼻子凑到我的手指上，现在它更多是用嗅觉认我。不过犬类总是更倚重嗅觉认识物事，认识人，认识世界。我已经准备好，壮壮彻底失明之后，我在壮壮的世界里，做一份坚实的可靠的不离不弃的气味气息存在。

打狗运动又来了个小高潮，壮壮到小刘侄女家躲了一段。此刻壮壮已经不闹离别焦虑症了。它明白做它这样一只狗，活下去是不能挑拣太多的，让上哪儿就上哪儿，才能活下去。它也知道，人的世界总会发生“严打”，这就是常态，人拿常态的东西都无奈，做一条狗，就更要学会适应常态。

壮壮东躲西藏地活着，眼药膏从国产的换成了进口的，还要加上一星期两个针剂，月耗三四千。二○○九年春节，只有小刘陪它过。外面鞭炮把黑夜都炸白了，壮壮打死不出门。壮壮怕鞭炮比怕打狗队还怕得邪乎。打狗队出没在小区的时候，它还敢溜着墙根出去，到院子角落解手，但每年春节一响起鞭炮，壮壮就绝食，也绝饮，只有不吃不喝才能保证不拉不撒。二○○九年的春节，人们从奥运会带出的喜兴还在延续，小区住户对于鞭炮尤其花钱不眨眼，从大年三十下午开始炸，炸得壮壮躲进厕所，不行，又躲进壁橱。小刘怎么劝，它也不出来，面前放着食盆和水盆，它碰也不碰。三天之后的一个清晨，大家都闹累了，壮壮踩着红色粉色的纸渣，颤巍巍撒了一泡尿。站直的时候，小刘看到它趔趄一下，饿得头晕眼花了。

我们家搬出台湾岛，搬到了莱瑞的新岗位柏林。德意志民族对于犬类，是环球之内心胸最开阔的。狗可以进餐馆、公园，进百货店、家具店、服装商场。你在试衣间里试衣服，狗狗可以给你做参谋。可利亚没有福分享受到德国的狗特权，它在我们到达柏林前夜突然病故，得的是脑瘤，走得极爽快，想来没有痛苦。我怀念着可利亚，所以办理壮壮的出国手续非常积极。壮壮四岁多，瞎老汉一个了。

壮壮和我乘坐同一班飞机来到柏林。我一路焦虑，不知被当作行李放在货仓的壮壮十个小时的飞行会怎样，焦虑症会不会再发作。我等在行李领取处，望眼欲穿地看着传送带尽头的口子，所有行李都从那里被吐出来，再被传送带运送，一件件被领取走了，唯独不见叫作壮壮的这件行李出来。旅客只剩下了我一个，传送带空转，可是壮壮连影子也没有。会不会货仓氧气不足，它没挺过来？…… 正满脑子跑着不祥猜测，几声大吼从另一个方向传来，我惊回首，见壮壮坐在笼子里，由一个机场地勤人员推着车，向我走来。壮壮以大吼跟我打招呼，等我靠近，它又是那样，一张脸笑得稀烂。我把笼子打开，放出壮壮：壮壮，你会喜欢这里的！

第二天我就带壮壮去了我们家附近的兽医院。兽医是个博士，把壮壮翻来覆去做了全身体检，说壮壮的心肺功能非常棒，各项指标超好，指标比它岁数要年轻。我心想，这是老当逃犯的好处，不断从打狗队棍棒下逃跑，使壮壮的心脏结实壮硕，像个小打铁铺，伏在它身上，你能听见那里面一锤子下一锤子上，打得铿锵有力。这位兽医博士说，犬类倒睫是常见现象，手术他可以做，但做得最好的眼科医生在原先的东柏林。他宁愿不赚这笔手术费，只愿壮壮得到最专业的治疗。兽医博士给壮壮检查了视力，说它的右眼视力基本正常，左眼视力确实被炎症毁掉一些，但炎症治愈，视力会恢复，起码是部分恢复。这跟我在北京几处求医得到的诊断不同。我问博士，他的同行在北京为什么误诊呢？北京的兽医可是说，壮壮的失明已不可逆转。博士想了想，说，也许为了赚消炎药的钱吧。兽医博士给了我眼科专家的名片，根据名片上的地址，莱瑞开车一小时，来到一个荒弃的工厂区，街道老旧，楼房还是东德时期的遗物。假如柏林是座舞台，分前台、后台，这地方像是柏林的后台，所有建筑都像是舞台布景的背面，而我们居住的柏林西端，对比之下成了前台，是供观众欣赏的那个面。

这位犬类眼科专家是前东柏林的居民，一直居住在始终没有繁华起来的这段街区，尽管不再有柏林墙的阻碍，他也没有搬到繁华的西部柏林的愿望，他很甘心、很安心地在这片贫穷老旧的地段给贫穷的柏林人医治他们的宠物。眼科专家告诉我们，所谓松狮对麻药过敏，其实不是过敏，而是因为麻药导致了它们脖颈两侧的肌肉麻痹，也就是说，那两块肌肉被麻药弄瘫痪了，瘫痪的肌肉又压住气管，把气管压扁，空气进不来出不去，活活憋死了狗狗。那怎么办呢？很好办啊，眼科专家微笑着说，就在注射麻药的同时注射一剂气管扩张剂。我把壮壮在北京死而复生的经历告诉了他，想引起他的重视，壮壮可不是一般松狮，是松狮里的狮王，纯种里的纯种。他听完摇摇头，苦笑道，防止麻醉时气管闭合是基础知识，北京的兽医们不知道，他很感意外。他说这是小手术，半小时就能完成。果然在手术后，壮壮戴着一个大漏斗似的塑料脖套出来了，两个眼窝被剃了毛，露出缝针的黑色针脚，别样的滑稽可爱。它一看见等在候诊室的我们，顿时满脸傻笑。结账时发现，这一次手术还不如壮壮在北京打一个月消炎针昂贵。

那是十月底，柏林最灰暗的季节在逼近，整日天灰灰，雨蒙蒙，路上行人皆郁闷，开车按出的喇叭都在发邪火。带壮壮出门遛弯就在这么个场景里。我家当时住的是美国外交官家属区，据说二战后柏林占领区的美军就置下这块地产，房屋也是由曾经的驻守部队军官宿舍改建，千篇一律，缺乏美感，不远的地方还有美军当年建造的礼堂，墙上贴着那时期的电影广告。我们只能从自然环境里获得美感——整个营区地处柏林最大的市内森林，占柏林绿地的百分之三十几。这片森林滋养着许多动物：野猪、狐狸、兔子、松鼠……啄木鸟啄树干，听上去笃、笃、笃地在敲木鱼。壮壮特别爱这片森林，尤其爱森林里的湖泊，湖边沙滩上，各家狗狗每天三场 Party。戴着大漏斗脖套的壮壮一进到林里就高兴得摇头摆尾，惦记着沙滩上的聚会，四条短腿也不耽误它飞跑，密集的树干形成狭窄通道，它的大漏斗不时撞上去，被挤扁，但也不耽误它赶往 Party 的急切。进了森林的壮壮抗拒被狗链牵绊，一拴它它就停下不走，我只好随它去。其实森林有些地方跟马路离得很近，只被几十棵树相隔。因为天色灰暗，或是因为大漏斗部分遮住它的视野，壮壮又一次把方向跑反了，这次更致命。它穿出树林，来到马路上，我跟着大喊，跑到路边，却已经太迟。下班的人们驾着车，个个违反追尾法规，一辆车咬着一辆车地开过来，神龙见首不见尾，突然出现在马路上的这个毛茸茸的障碍物使司机们急踩刹车，一长串车闸都发出尖叫，然后就听见砰砰砰三记巨响。不得了，一连三辆车相撞，其中两辆拐上了路中间的绿化隔离带。我心都凉了，血也凉了，知道已经逃出若干厄运的壮壮这次是没得跑了，也知道我家要破财了。壮壮已经蹿过马路，越过隔离带，到了对面那条单向马路上，使反向驶来的一队车辆紧急刹车，全线停下，所有喇叭都在骂大街。我来到绿化隔离带上，两腿从膝盖下都软化了，脑子成了真空。分分钟都会有人来通报我，壮壮倒在某个车轮下，血泊里……

整条道路的交通瘫痪了。可就在这时，三十米之外的地方响起壮壮的怒吼。我立刻高声呼唤："壮壮！……"循着我的呼唤，壮壮如一头小牦牛似的迎面跑来，大漏斗脖套出现了裂缝，但它跑得比平常更雄健。我做足心理准备，等它跑近会发现它身体浴血。但它跑到我腿边，哈哧哈哧大喘气，在黄昏晦暗中，它一口气一朵白云。它居然活着，全须全尾！隔离带两边成了临时停车场，隐约听见无数人在打手机，警车拉着笛从远处来了。一切都不重要，破财也好，破产也好，重要的是，壮壮活着。人说猫有九条命，此说法没有证明，但壮壮起码三条命，我亲自见证。此刻，一个三十多岁的德国女子也大喘气地奔过来，对我急吼吼地说着什么，跟壮壮一样一口一朵白云。见我只是傻瞪眼，她意识到我不懂德文，马上用流利的英文说，这只狗一定受了内伤，是她的车撞到它的！我指着壮壮，它看上去没有受伤。她说不可能，因为她的车头把壮壮撞得腾空而起，车子的前挡板上现在还沾着许多金黄色的毛。警察到了，被撞坏了车的人们也都跟着警察过来，做笔录、做证。壮壮稳坐在草地上，仰着脸看我们人类在发生官司时进行的繁文缛节。每个人都指认了壮壮和我，我向每个人点头哈腰赔笑脸，一切责任都是我的，我投降，认打认罚认赔。所以整个事件处理得很快，街上的交通立刻恢复了，各自继续下班的归途。被撞扁了头的车子居然不耽误行驶，司机们也没跟我生气，开着破了相的车全都迅速离去。只有撞了壮壮的那个女子还不走，一个劲叮嘱我马上带壮壮去医院拍 CT，因为她确信壮壮肯定受了内伤，说不定下一秒钟就突然倒下，七窍流血。

我不敢耽搁，牵着壮壮直奔兽医博士的诊所。我挂了急诊，博士本人为壮壮拍片，做CT，结果在二十多分钟后出来：从CT上看，壮壮脑子、内脏、骨骼，跟原先一样强健，没有任何受伤的迹象。我还不放心，说那个女车主明明把它撞飞起来了，狗毛都撞下一片，这只肉长的狗怎么可能没受丝毫伤害？！博士说，也许它那松狮特有的超厚皮毛起了作用。博士笑着拍拍壮壮的背，这家伙，这一身皮毛，简直就是个抗震垫子！但博士话锋一转，说，接下去的一周，必须紧密观察壮壮，看它行动、饮食、睡眠是否有任何异常，眼下没事，并不代表险情已经完全排除，生命总是给我们惊喜，也总是给我们意外。所以，壮壮其实进入了一个无形的重监室，博士和我，都在为它二十四小时无形地值班，一旦出现反常情况，我可以立即通报兽医院急诊室。一周后，我们约好，为壮壮复查，假如复查结果仍然正常，壮壮才算彻底脱险。复查结果良好，但谁也没想到一种关节疾病从此在壮壮体内开始了漫长而阴险的潜伏期。

恢复了视力的壮壮开始了它无忧无虑的日子。从来没有见过如此开心的壮壮，每天乐得哼哼唧唧的，有时突然一头扎倒在地毯上，四脚朝天，飞快挠着空气，脊背使劲在地毯上磨蹭，脸上笑容极大，但似乎光用脸来笑已经不够，必须这样拳打脚踢、手舞足蹈，才能完成一个饱和的大笑。五岁的壮壮似乎在恶补它缺失乐趣的童年，对什么都好奇，都感兴趣，森林里每一只狗都是它的朋友，它都要上前跟对方哼哼唧唧示好。可悲的是绝大部分狗都不喜欢壮壮，无论它怎样献殷勤，它们都对它龇牙咆哮。可壮壮不在意，还有点儿不识相，性子暴烈的狗甚至会给它一口。有次它的胖脸被咬得血淋淋的，亏得它厚厚的皮毛，没让它吃太大的亏。这个从小就咬狗咬人的家伙，步入中年倒立地成佛，咬不还口。柏林简直就是壮壮的城市，无论走到哪里，身边马上就出现粉丝。有次莱瑞带着我们五岁的女儿和壮壮去不远处的咖啡店小坐，一群人围上来赞美壮壮，又是抚摸又是合影，好几张嘴同时夸赞：小棕熊！小狮子！这么可爱都不上税吗？……被冷落的莱瑞终于抱不平了，指着女儿妍妍问他们：“那孩子呢？孩子不可爱吗？”

还有一次，我去步行街购物，顾忌到商场里人太多，壮壮在稠密的、移动的人腿森林里走动太无趣，就把它拴在商场门口。等我从商场出来，发现一个电视台摄制组围着它，正在为它拍摄，四周围着一大群观众。在柏林住了一年的壮壮，已经做惯了明星，泰然坐在镜头的中心和人们注意力的中心，样子还那么萌，那么憨厚懵懂，见了购物回来的我，它的表情似乎说：真没办法，瞧这帮人大惊小怪的！我如此招人爱不是我的错吧？

壮壮不仅想交犬类朋友，它还试图跨界交际。二〇〇九年的冬天特别长，一直延伸到第二年的春天。林子里的雪白色羽绒被一样，把所有活力和声响都捂在下面。莱瑞带着女儿和壮壮走进森林，视野里没有一个活物。壮壮却似乎发现了什么，突然挣脱狗链向目标跑去。隔着树枝树干，莱瑞看到壮壮来到一只深灰色的、体积比壮壮高大许多的走兽面前，摇头摆尾地邀请对方玩耍。对动物世界缺乏知识的莱瑞把这只高大走兽也认作是犬类，怕壮壮过分殷勤又招人讨嫌，再被咬个血头血脸，于是带着妍妍跟过去，准备拉架。近了一看，这只犬类太另类了，另类得完全没了犬样。不对，这不是狗…… 又近了几步的莱瑞发现，这只走兽不是单独行动的，它身后的林子里，站着它的家庭：另外一只大兽和两个 baby。莱瑞倒抽一口冷气，被他误认的“犬类”竟然是野猪！一头体积如小象的猪爸爸，一只尺寸略小的猪妈妈，还奶着两个猪娃娃！这个冬天实在太长太冷，初雪落下后，雪上加冰，秋天的果实都被深埋，橡子果、榛子、马栗子都那么难刨挖，于是猪爸爸不顾危险，在上午九点之后，还带着一家老小到此地刨食儿，多不易啊，偏偏壮壮身在福中不知福，跑上去打扰人家劳动。莱瑞不敢再进前，隔着十几米距离，拼了老命喊壮壮。猪爸爸的獠牙莱瑞看得很清楚，足够穿过壮壮胸前的皮毛，插入它的要害。壮壮坚持要跟野猪家庭交朋友，怎么喊也不回来。隔那么远都能听到它撒娇献媚的哼唧声。猪妈妈挺身而出了，哺乳期的雌性动物比雄性动物要凶狠多倍，好不容易全家出动觅食，碰到这个狗不狗、熊不熊的东西，拼了吧？……

莱瑞怕壮壮惹急野猪一家，惹得它们改变饮食习性，由杂食改为肉食，反正刨不出马栗子，凑合吃狗肉吧。莱瑞也怕壮壮的过度热情惹得野猪一家生疑：这只狗是不是人类放出的什么诱饵，转而迁怒他和五岁多的女儿。因此他赶紧抱起妍妍就跑。跑步不大灵的莱瑞居然在几分钟内跑出了森林，回头一看，壮壮紧跟身后。也许猪妈妈的凶恶态度把它吓住了，也许莱瑞和妍妍撤得那么急，让壮壮多疑起来：他们是不是又要遗弃我？这之后的一年，我们又碰到过几次野猪，壮壮每次都欢天喜地跑过去招呼，每次都毫发未损地回到我们身边。一天晚上，我们全家和客人用完晚餐，从餐馆步行回家，擦着森林边缘走，眨眼间壮壮就消失了，再细看，它消失到二十多只野猪的大族群里去了。我们虽然知道野猪们勉强接纳了它，但还是紧张地等在路边，假如这个野猪家族对它反目，我们也只能认了。一如往常，壮壮跟野猪们寒暄了一番，乐颠颠地回来了，一脸得意：看我老壮的交际本领如何？

壮壮不止三条命，现在可以说它有九条命。我们的非洲女儿伊卡玛（当地语言“希望”之意）来到柏林时，正是十一月底，湖面已经封冻。有天她带着壮壮来到湖边，照常让它出席每天早晨的犬族party。参加湖边派对的犬族社交狂每天总有三四十只之众，无论寒暑，无论雨雪骄阳，每天早上八点一过，你就能见到这群玩疯了的狗，相互追逐扑打，赛跑赛游泳，从它们的目光人们知道犬族也会“嗨”，嗨得眼睛发绿，满嘴白沫。假如湖水没结冰，它们的派对绝对没有水域和陆地的疆界。犬族的直觉好极，知道湖面封冻时间不长，离“冰冻三尺”远着呢！所以没有谁敢近冰湖一步，都知道怕：冰层厚薄不匀，踩漏了就成了落水狗；落入的可是零下数度的水呀！壮壮这天嗨过了头，直接冲上冰湖！伊卡玛吓得脚都软了。壮壮不说是这群狗里体重达上限的，至少是偏高的，连体重十来斤的小狗都明白事理，不敢越湖畔一步，壮壮却感到平滑如琉璃的湖面是它发现的一片新大陆，因此不管伊卡玛如何嘶喊“NO！Nooooo!!!”它都摇头晃脑地向湖中心跑。壮壮活到五岁，得出一个结论，凡是人们对它说“NO！”的事物，都是新鲜事物，好玩事物，当它跳上沙发的时候，人们对它吼叫“NO”，它马上发现沙发的舒服，沙发上来个午睡多么美味！比如它对着一块黄油咻咻吸气时，人们异口同声对它吼喊“NO！壮壮，that’s big Nono！”那次它面对黄油，绝不听信人们的“NO”，在半秒之内信服了自己的本能，把黄油叼走，跑到人们够不着的角落，几口便吞下它，要是听信了人们的“NO”，怎么会发现世上竟然有黄油这般肥美香糯的东西？所以它最想干的就是人们喊“NO”的事物。此刻，伊卡玛越是在它身后撕裂声带地喊“NO”，它越是得到反证，前方一定有好事。伊卡玛见壮壮每跑一阵，就停下来朝她回头，意思是“有本事来追我呀”，伊卡玛虽然怕壮壮落水会被追责，但更怕自己追到冰湖上成落水人。她来欧洲可不能投进这片湖水；她可是投奔好生活的，刚刚向她展开的好生活包括无限量的猪肉牛肉羊肉鸡蛋，对了，还有大米。这里要插播一段：伊卡玛在她的祖国尼日利亚，肉是吃不起的，吃得起的是肉汤拌米饭，一小块肉加上许多香料、辛辣蔬菜，煮出一大锅汤，用来做浇头，浇在米饭上。但大米也是粒粒珍贵，顿顿吃大米的就是富豪。大使馆给本地员工发年终奖，就发大米，一等奖：五十斤大米；二等奖：三十斤大米；三等奖：二十斤大米；等外奖：十斤大米。一次我们从美国运到的一袋五十公斤的大米，被同一个集装箱送来的洗衣液浸染，我打算忍痛丢弃。伊卡玛冲过来护住米袋说，还能吃啊！她把大米放进浴缸，用清水给大米一遍遍洗澡，洗衣液的泡沫是洗净了，大米也给洗得又白又胖，但煮熟的米饭还是一股薰衣草香精气味，吃一口，感到脑子和五脏都给洗白了。我坚决要扔掉过度漂洗、白得吓人的大米，但伊卡玛悄悄把大米带走，分给了像她一样不介意吃薰衣草薰香过的米饭的朋友。我知道后着急了，说大米气味不对事小，但洗衣剂含苯，气味不散说明苯没被完全清除，万一来个集体苯中毒怎么得了？！伊卡玛憨笑，说所有吃了含苯大米的人，现在都活得比吃大米之前更好。

正开始好生活的伊卡玛此刻见壮壮义无反顾，已经到达湖心，她越喊它越得意，跑得越快。她此时看见湖的左边水面窄，并架了座木桥。可等她跑过桥，来到湖对岸，壮壮以为她在跟它藏猫猫，快要登岸的它扭头又往来的方向跑去，还是跑几步扭过一张笑脸：来呀，再来追我呀！伊卡玛简直绝望，假如湖中冰层被壮壮来时踩裂，这趟原路回去，再踩一次，裂缝冰一定会变成冰窟窿……伊卡玛不敢想下去，连跑上桥的力气都没了。她无力地站在桥上，随时准备见证悲剧的发生，然而壮壮短粗的四肢一路花样滑冰，终于回到岸边。伊卡玛这回聪明了，一声不吭，直到壮壮安全登陆，安全地进入狗友派对，她才沉默地接近它，一把揪住狗链。等她确信壮壮被抓获，她一屁股坐在地上，不知道过了多长时间才有足够力气爬起来。

也许壮壮小时候失去的自由太多，步入中年它拼命往回找补。不知它什么时候学会了开院门，自己批准自己出门散步。我们都不知道它常常擅自出门，蹓跶到湖边，但不是派对时间，湖边很萧条，遛一会也就无聊了，再蹓跶回家。没人知道它这么无组织无纪律过了多久，反正莱瑞的同事不止一次对他说：嘿，今天看见你家壮壮了，在林子里闲逛呢！莱瑞认为他们看错了，因为附近有对老夫妇也养了一只不算太纯种的松狮。这样我们都没太在意事情的严重性。但事态还在升级：壮壮不断开辟新的遛弯途径，不断扩大遛弯地界，直到一天，我们的邻居用车把它载回我家。那天上午我在写作，伊卡玛出去购物了，只听门铃被急促摁响，开门一看，不速之客是女邻居伊丽莎白。伊丽莎白问我：你知道我车里是谁吗？她话未落音，从停在路边的车窗里露出一张毛茸茸的笑脸。我懵懂又吃惊，问壮壮怎么会在她的车里。伊丽莎白说，她开车去孩子学校送衣服，停在我们邻里的小商业区街口等红灯，无意间侧脸，见壮壮在人行道上晃悠，她赶紧下车，把它捉进车里。伊丽莎白说，它在人行道上逛逛就算了，假如逛到马路上，不是车撞车就是车撞狗。这话正是我要说的呀！

我跟壮壮紧急谈话：你再擅自出门，晚饭就别吃了，听见没有？！

壮壮听见了，咧嘴一笑，紫舌头伸出半根，非常顽劣的一张脸。

我立刻亡羊补牢，把院门加了锁。但人们还是反映，不时能看见壮壮悠闲的身影，不是在树林里，就是在湖边。进一步发现，壮壮的矮胖笨拙是假象，它既会跳高，又会钻洞，篱笆的高度根本不在它话下。加高篱笆？那就打洞！打的洞不在正面，而是通往隔壁邻居家，它先潜入邻居家院子，然后再溜上街道，因为邻居家的院门是没有锁的。我们跟壮壮打洞、堵洞的战斗持续到嘟嘟到来。

假如说壮壮到柏林后的幸福指数一路攀升，那么在嘟嘟到家之后才算达到了顶峰。嘟嘟是我从北京带回的另一只弃狗，巧得不得了，是一只小比熊。壮壮这只松狮和比熊有缘分，这是没错的了。此刻的壮壮非但不欺负比熊，反而对它谦让有加，倒是比熊嘟嘟常常占壮壮上风。嘟嘟的故事先按下不表，还回到壮壮的幸福生活上来。

发现壮壮的腿病是在它八岁的时候。它的前肢膝关节肿大得厉害，兽医博士指着 X 光片子说，你们看，这两个关节是不是有点儿像花菜？又指着屏幕上另一张片子，让我们对比健康的犬类关节，我不得不承认，壮壮的关节是有点儿像花菜，左边的“花菜”盛开得更

◆ 它是绝无仅有的可爱，呆萌到了令你心尖作痛的地步。

大，右边含苞欲放。博士说，这就说明，壮壮走路是疼痛的。我说，可它一出门就不愿意回家，两三公里它走起来不在话下。博士说，只能说它太顽强，或太贪玩。也许兼而有之吧。治疗方案的选择不多，打止疼针，一年三四次，疼痛加剧可以补充口服止疼药。疼痛的程度，我们只能从壮壮走路的姿势来判断；壮壮的前肢关节比正常关节肿大一倍，直接弯曲肯定非常疼痛，所以壮壮形成了它特有的走路和奔跑的步态，两只前爪从旁边划圈，每一步一个圈，看起来像跳狐步舞。它的狐步舞划圈越圆满，证明它的关节疼痛得越是厉害，因此就确定给它打针吃药的剂量和频率。渐渐地，它不仅两个前肢划圈，后腿也开始划圈，是向内划圈，所以只要我出门回家，壮壮总是欣喜若狂地奔过来，四肢划圈划得极圆，简直就是一路华尔兹！它把疼痛也表现得那么滑稽可爱。壮壮还十分热爱和平，受不了任何超常声响，比如家里谁跟谁发生口角，嗓门都有所提高，壮壮不管在多远，听见吵闹必定拐着快速华尔兹赶来，并且总是先用毛茸茸的前爪轻拍声势更大的那个，然后再把她（他）

往后推，它明白这一方是强势，必须先压住她（他）的火。假如劝不住强势者，它会扑到弱势一方，用它整个厚厚的“熊”体挡住弱者，样子很楚楚可怜，好像在说：要打要杀先冲我来吧。壮壮的调解往往生效，因为看见它那样代人受过，那样急于恢复和平，谁都不忍心再闹下去。

二〇一六年的复活节前夕，壮壮停止了它的华尔兹，停止了它憨态十足的笑容，甚至停止了吃喝。我看见它的时候，是上午，它在院子里趴着，直到下午，它始终面朝大门卧在行车道旁边，有人有狗从大门外经过，它就叫几声，后来回想，想起它那天叫得非常无力。天快黑了，它还是一动不动卧在那里，似乎值了日班还要连轴转值夜班。我叫它进屋吃饭，它回头看看我，却不动。那时我还没想到，它已经不能动了。“吃饭”这两个字，是它不大的人类词汇量中最基础的词，平时它胃口很好，一听这两个字，立刻摇头摆尾地跳着快速华尔兹就来了，然后一头扎向它的食盆。壮壮只有一个时间对嘟嘟不客气，就是在它吃饭的时候，嘟嘟企图抢它一口，它会立刻由犬变成狮子。我把食盆端到院子里，放在它面前，它很给我面子，朝盆里探了探鼻子，一颗狗粮都没碰。我又拿来它最爱吃的磨牙棒。平日里给两只狗吃它们最爱的零食，都要趁机加强它们的军事素养，比如：坐下！起立！握手！……壮壮和嘟嘟总是迅速而敷衍地服从命令，完成动作，同时眼睛贼亮地盯着我手里的零食，而此刻无论我怎么喊口令，壮壮就是一动不动趴在那儿。我把磨牙棒放到它嘴巴前面，它轻轻扭过头去。我把它扶起来，刚一放手，它就倒下去，四肢瘫了似的。

复活节是个大节日，没有一所兽医院开门。听朋友说，德国兽医业昌盛，有一种上门急救的巡回兽医。莱瑞查到这个网站，留了言后不到一小时，一个二十多岁的女兽医就上门了。她说自己刚从兽医学院毕业，还在实习期。年轻的女兽医非常专业，头一件事就是给壮壮测体温，然后告诉我们，壮壮在发高烧，用人类的体温比较，它的高烧已达到四十度。但不经验血，她无法断定哪种炎症导致了这场高烧。给壮壮打了退烧针之后，女兽医告诉我们，自由大学的兽医急诊室日夜开门，救治病危动物，假如明天壮壮不见好，我们应当把它送到那里去做系统检查。

复活节一清早，壮壮高烧丝毫没退，我们一家三口护送它到了自由大学兽医院。一个七十岁的老教授带着两三个二十多的博士生给壮壮做了各种检查，验血、验粪便。诊断终于出来了，壮壮全身关节炎急性发作，病入膏肓，也许它从此站不起来了。我把壮壮在国内的蹉跎岁月告诉了老教授，又把壮壮如何从车轮下幸存的故事讲述一遍。老教授说，被拴在户外一年多给壮壮的风湿性关节炎埋下了种子，撞车的剧烈冲击给它留下了暗伤，使它本来脆弱的关节开始病变。我发现老教授不像其他兽医，一旦碰到难治愈的动物就劝你想开，让它安乐吧。老教授说，他和他的学生们会尽最大努力让壮壮活下来。

所有急救手段都上来了，输液、打针、吃药、物理降温——用酒精擦它四个爪子的掌心，第三天，壮壮的体温降下去，但精神更差，平素见了我们就浮上嘴角的憨憨微笑没了，这时候我才发现壮壮的脸容会那么苦。它被一辆带轮子的床推过来，始终把硕大的脑袋耷拉在床沿上，眼神是疲惫的，甚至是厌世的。兽医院的狗粮非常讲究，据说营养和味道都一流，比人粮还贵，由医院免费提供。我用手捧起狗粮，捧到壮壮面前，它还是那样，轻轻掉开脸。老教授让它活下来，可是它自己不愿活下去。它用绝食来告诉我们，与其站不起来，不如尊严地死去。一连七天，壮壮不吃一口粮食，只靠我用没针头的塑料注射器把水硬挤进它嘴里。这天一早，我买了一块牛肝，煮熟后用打碎机磨成糊状，灌进那个塑料注射器。壮壮的牙缝紧闭，我好不容易将注射器塞进它两排槽牙之间，把牛肝酱从它牙缝间推进去。它甩了甩高贵的头，把注射器甩开，但它马上又咂巴了一下嘴，眼睛亮了，牛肝的鲜美味道使它表情发生了变化。它的舌头和厚实的嘴唇开始运动，眼看着它的味觉醒过来；它好奇地看着我手上的注射器：这是什么东东？能变出这样好的味道？它的眼神先活过来，有了强烈的好奇和欲望，嘴唇和舌头吧唧作响，在玩味、在品评，脑袋侧过来侧过去，眼神越来越馋，身上肌肉都处于运动状态，假如它动得了，一定会冲上来抢夺注射器。我趁机再把注射器塞到它嘴边，这次它是大张开口来迎接的。几秒钟时间，一管牛肝酱全都进入了壮壮那已饿得发扁的身体。它眼睛还是瞪着我手上的注射器，可它已经空了。味觉、欲望、求生的力量，就在这一瞬间复苏了！壮壮扫视屋内每一张脸孔，我、莱瑞、老教授、女博士生，还有它的小伙伴嘟嘟，原来活着还是值得的，有这么多人在乎它的生命，在乎得不顾麻烦为它做如此美妙的牛肝酱！活着真是件好事，生命就如这天堂般的牛肝酱。牛肝酱的滋味此刻在于壮壮，就是生命的滋味。步入暮年的老教授在退休前夕，教会了壮壮爱生命。老教授说，在他漫长的兽医生涯中，壮壮是他最后见证的一个死而复生的奇迹。但老教授又说，壮壮的关节炎实在太严重了，以后的日子也就只能这样瘫着过，虽然它五脏六腑都很健壮，各项指标都还是青壮年水准，但它早年被拴在铁链上，在风霜雨雪中度过的那十几个月，以及撞车的后遗症，都使它的现状不可逆转。

壮壮出院后，尽管站不起来，但总是尽责地趴伏在院子里，自认为咬不了人，吓吓人总还可以。我请一个朋友为它设计了一辆拖车，木板做的车身，铺上软垫等于一个移动席梦思，木板下装四个滑轮，壮壮是软卧乘客，我在前面拉纤，上坡时妍妍在后面推车助力。每天一早一晚，我和女儿把壮壮抱到车上，嘟嘟前后左右跟着，照常去森林公园里遛弯。每到壮壮最喜欢的“景点”，比如一块水泥广告牌下，一棵粗大的松树前，我们就把它抱下车，使劲拽住狗链，使它勉强站立，由它尽情地嗅着广告牌下它无数狗友留下的痕迹。周末时，我们全家会开车到湖边，拉着壮壮的座驾，沿着湖边溜达。壮壮俯卧在车上，周围的草木人畜，都在接受它检阅，王者气派更胜当初。柏林春天风大，吹起壮壮头上的狮子鬃毛，好不威风！

此后不久，我发现一个突变，每次把壮壮搁在院子里，过一阵再看到它时，它已经不在原来的地方趴着了，有时它趴到了泳池边，有时它趴在车棚下，证明它自己挪动过，可是从大门口到泳池，起码五十米，就是说，它挪动了相当可观的一段距离。只有一个答案：壮壮背着我们站立起来，开始了行走。我们家三口人，谁也没见它怎么行走的，但我们确信它恢复了行走！有一天，我在楼上的书房里写作，无意中看到壮壮在草地上跌跌撞撞地走着，举步维艰，步步痛楚，但毕竟从院子一头走到了另一头。原来，自尊心太强的壮壮不愿意我们看到它残疾的、笨拙的行走，只是在它独处时才开始它一生中的第二次学步练习。壮壮公开行走，离它头一次尝到牛肝酱已经整整两个月。到了五月底，壮壮基本上能走两公里，虽然四肢划圈划得更大，华尔兹跳得更欢，但它毕竟重新成了独立自理的生命，使得不可逆的逆转了！

初夏的柏林美极了。日光从早晨六点开始，晚上九点黑夜才正式来临。柏林人绝不牺牲日光的优越性，整天待在户外，野餐，听室外音乐会，人手一瓶啤酒，一盘香肠，赖着不回家、不进屋。傍晚的湖边最美，也最为热闹。我和妍妍带着壮壮和嘟嘟，沿着湖畔漫步，壮壮走一段就要卧倒休息一会儿，我趁机蹲下来挖荠菜。

柏林属于寒带，荠菜在初夏才长足尺寸，长足了尺寸的荠菜，有菠菜那么大。我的父母都是南方人，生前都极爱荠菜，用它包馄饨，用它烧豆腐羹，对他们来说，荠菜是罕见的好东西，一年就那么几天可以采集。柏林湖边的荠菜，比草还茂盛，蹲下不一会儿就能采集一大包。有好奇者上来问，挖这些草做什么？我回答：吃啊！对方会吓一跳，从他或她的神色中我读出这样的潜台词：难道你们待过集中营？学会了吃草？！这种问答总是令我尴尬，但有了壮壮就好多了，它趴在那里歇脚，我在它身边蹲着收割荠菜，路人的目光都被壮壮吸引，对我的奇怪行径视而不见。久了，壮壮似乎认为自己担任着守望任务，路人走得离我们太近，它会呜呜地低声警告，这样，更方便了我的收割。

二〇一七年八月，是壮壮生命中最后一个夏天。它走前一直卧在门口，坚持它的守望。开始它是俯卧，后来俯卧都撑不住了，改为侧卧。侧卧着，它仍然对它认为的潜在进犯者汪汪示警。即便侧卧着，它还是威风的胜利者，死亡多次输给它，到最后一刻，它都保持极好的胃口，它相信只要吃，什么都能挺过去。

壮壮生命的最后一个下午，我和德国女友 Ursula 用推车推着壮壮，带着嘟嘟和可利亚二世，组成两人三犬一车的散步团队。这天的气温超过三十度，壮壮侧卧在推车海蓝色的车厢里，身上盖了块浴巾，因为它左前肢做了手术，医生打开了皮肤，在它严重发炎的关节上放了抗生素，所以我们怕蚊虫会叮咬它。至于它的卧姿，那是没有选择的，因为手术后只有那一个姿势不招致疼痛。我们带着爱犬们来到一家简餐厅外面，坐在专为夏季摆放在户外的椅子上，把壮壮抱下车，放在餐桌边。这是星期日，柏林人也许都去了湖边河边或者郊区，街上有种特殊的宁静。嘟嘟似乎懂得壮壮的病情有多严重，似乎预感到壮壮不久于人世，紧挨着壮壮趴下。我们买了两个冰淇淋，两瓶啤酒，柏林难得的暑热，在于我们是一种奢侈。壮壮的好胃口都在它的目光里，它凝视着我们手里的小勺，视线跟随着小勺从冰淇淋杯子到我们的嘴巴。我向 Ursula 提议，给壮壮吃点冰淇淋吧？Ursula 明白我的意思，壮壮已成这样了，还有什么能害它？情形坏到极处，没什么能使它更坏了。我用小勺舀起一勺香草冰淇淋，放到壮壮嘴边，它伸出舌头舔舐，听着它满足的吞咽声，我想，这就等于一个医生告知他的绝症患者病人：以后想吃什么就吃什么吧。嘟嘟和可利亚二世都凑上来，想分享壮壮的冰淇淋，但我把它们劝开了。壮壮吃完了一整个香草冰淇淋，满足地把下巴搁在地面上，微微闭上眼睛，嘴巴不时吧唧一下：余味也是美的，活着真好。柏林的盛夏美好而短暂，一共不过几天；一切美好的东西，都那么短暂，如生命，如瞬时即融的冰淇淋。到了傍晚，壮壮的肚子里发出不祥的噪音，咕噜噜，咕噜噜，冰淇淋含有极高的奶油成分，壮壮毕竟不是几年前，具有消化大块黄油的能力。随着它肠胃的吵闹，它的呼吸也开始急促，并开始轻微抽搐。我和 Ursula 商量，假如这一夜壮壮出现险情，或者在很遭罪的挣扎中迎来又一个早晨，都会令我极度不安，因为我此刻唯一的愿望是壮壮的舒适；活着，或死亡，谁都不应该让它再增加它的痛苦。壮壮此生吃的苦，早已超过了上天给予它的份额，断断不能再让它承受额外的痛楚了。八点多钟，我们再次把它送到自由大学的兽医急诊室。本来是来求医的，可我不知怎么一来，对值班的见习医生说："让它走吧。"见习医生很吃惊，因为他一直力劝我放手，免除壮壮的医治之苦，服药之苦，注射之苦，插尿管之苦，当然，苦中的最苦，是那个手术。夜里，值班的他亲耳听过壮壮的惨嚎。他释然了，对我露出长久收起的微笑。终于我明白，有时不救治比救治要仁慈得多。

一年前那个挽回了壮壮生命的老教授已退休，现在新一代兽医有着新一代的生死哲学，不像老教授那样倔强顽固地让壮壮活下去，相信活着就好，活着就会有转机。也许等到这新一代兽医们老了，他们会懂得，为什么老了的人或畜更与生命难舍难分。就像壮壮此刻，它对食物来者不拒，大口地吃着见习医生捧给它的狗饼干，它与生命，与我们，与嘟嘟都处得难舍难分了。

我们把壮壮搁在白色的铁床上。壮壮平静地睁着眼睛，看着年轻的见习医生打开一瓶药水，用一次性针管吸入药水。然后医生开始在壮壮的前肢上寻找静脉，所有静脉都被这些天来的过度注射扎坏了，已经找不到一根静脉能承受最后的注射了。医生终于在壮壮的脖子上找到可用的血管，把针头扎进去。壮壮舒适地闭着眼，它太习惯这些清澈清凉的药水进入体内的感觉了。药水都是为它好的，清凉的流动，温柔进入它身体深处，知觉深处，那尖锐的疼痛，渐渐钝了，被疼痛抽缩打皱的神经，渐渐舒展，终于舒展成一片水中莲叶，失去所有重负和分量，任由流水载浮……

见习医生告诉我，这第一针药剂是深度睡眠剂，五分钟后，壮壮会进入深度睡眠，然后再给它注射第二针。第二针，才送它去永恒安乐之乡。假如我后悔了，他就不会再注射第二针，那么壮壮在深度安睡后会苏醒过来，会跟我回家，继续它无法站立、麻烦百出、危机四伏的生活。

我沉默着。急诊室空调很足，我这双握着壮壮生杀大权的手冰凉。五分钟在嘀嗒嘀嗒嘀嗒过去。嘟嘟坐在候诊长椅上，瞪圆两只眼，看着白床上一动不动，呼吸深长的壮壮。我也在看熟睡的壮壮，它那么憨厚，那么无辜，对我怀有完全的信任；由于熟睡，这张常常挂着憨笑的脸更显得无辜、毫不设防。我无法得知，那放在治疗盘上的第二针，那永恒的安乐，是壮壮现在真想要的吗？谁能翻译壮壮的语言该多好！五分钟过去，我老了不止五分钟。医生还在等待，我冲他摇摇头，有气无力地说：我不会后悔。Ursula 赞赏而释然，长长地看我一眼。她爱壮壮不亚于我，但更爱壮壮的舒适，壮壮的尊严，壮壮的无痛无病。这样一身病痛，无法便溺的壮壮，没有了尊严和舒适，第二针是我们能为它做出的最人道选择。

医生沉默地抽取了药水，在刚才注射的地方把针插进去。房间里好静，连日光灯管的微微嗡嘤都显得吵闹。壮壮突然睁开了眼，看着我的脸，我蹲在床边，脸跟侧卧的它同一水平线。我对医生说：它睁开眼睛了！医生说：是生理反应，其实它没有知觉，更看不见你。我握住壮壮毛茸茸的前爪，壮壮眼光闪动一下，怎么是没知觉呢？然后，它像平常那样伸出舌头，舔了舔嘴唇，缩回舌头，一秒钟后又伸出来，那独特的紫色舌头，围着它厚厚的嘴唇又舔一圈，舔着白日里残存的冰淇淋，舔着它生命中最后一点甜头，舔着舔着，它的舌头就留在了上下唇之间，完成了一个它平日里的笑容。多年前它跑到冰湖中央，回过头，就那样一个笑：有本事追我来呀！

在药剂快推完的时候，它浑身打了一个挺，好像要站起来。同时嘟嘟站立起来，呜的一声长呜。这是狗狗的哭吗？只见嘟嘟仰着脸，下巴从一端向另一端慢慢转动，“呜……！壮大哥，你一路走好哦！呜……”嘟嘟比我们人类多一层感觉，早一点接受到生物电，因此它知道刚才壮壮那猛烈的打挺，就是灵魂挣脱它形骸的时刻，酷爱自由的壮壮，现在终于得到彻底成全。嘟嘟仰着脸，也许它看得见壮壮一步三回头的灵魂。

针剂推完了，医生轻轻拔出针头。我眼泪决了堤。

我们无语地带着嘟嘟和可利亚二世回家。嘟嘟进了门，就躺在昨晚壮壮躺过的门厅里。地毯上，处处留着壮壮的落发，壮壮的体嗅。几天后，我和 Ursula 都发现，嘟嘟变了，最爱玩具的它对一地玩具不再问津，最爱管闲事护家的它，现在院子墙外走过多少人和狗，它都听之任之，不发一声。嘟嘟终日默默然，眯着眼，冥想或者缅怀，壮壮走了，家里似乎变得空旷。嘟嘟被遛狗员带出门去遛，也一身消极，走过院子，它脚步拖沓。绿草地上还放着壮壮出游使用的推车，海蓝色的车厢，像这个连人带畜的家里的一个海蓝色新伤，提醒着嘟嘟也提醒着我们，那车厢里永远缺席的乘客。

壮壮是被火化的。届时莱瑞带着妍妍去了美国。预定了火化日期，我却没去，由 Ursula 替我去完成告别仪式。柏林人爱动物，动物的殡仪馆也处处鲜花，焚化场设有祭奠宠物的地方，供人存放骨灰。Ursula 拍了照片，为了让我看壮壮最后的固体形态。但我一直没有看照片，她跟我说，它像活着一样，还带一点微笑。

壮壮走了，在我心里留了个洞，一个壮壮形状的洞。今年早春，我向朋友讨来一只两个月大的小松狮，是只雌犬，我给它取了个男孩的名字：壮壮。每天“壮壮、壮壮”地唤着，心里那个壮壮形状的洞似乎被渐渐填充……

穗子的动物园

汉娜和巴比

汉娜是我认识了二十多年的朋友。我俩的共同话题是动物和小说，以及美食、美酒。这天汉娜打电话告诉我，她得到一份工作，干一天（二十四小时）五百美元。十多年前，五百美元可以称得上一笔钱了。

什么工作，这么好挣钱？

工作嘛，就是照料一只狗。

让汉娜免费照顾动物，她都会很乐意。她就像电影《马语者》中的马语者，包括但不限于马语，她一定还会犬语、猫语、蛇语（*以上动物，她都养过*），因为只要她跟一个动物单独待几分钟，无论哪种动物对她都很服帖、很亲。我亲眼见她怎么治我朋友的一只捣蛋猫。那只猫最喜欢挂断电话，有人打电话，它就摁电话键。汉娜抓住猫的两只前爪，逼着它与她对视，几秒钟对视，以后猫就不挂她的电话了。有一次听她若无其事讲起她曾经养过的蟒蛇，引起我惊惧的好奇心。她漫不经意地说，两条蟒蛇中有一条每年蜕皮困难，就像产妇难产，很痛苦，她必须做助产士，“助蜕”。

怎么助蜕？

把蟒蛇放进浴缸，浸泡在热水里，然后慢慢在它身上摩挲，皮就蜕下来了。

My God!

蟒蛇在热水里可乖了。

大概蛇皮在热水里泡发了，再被汉娜那么轻轻摩挲，皮就给摩挲下来了。我想象那一整条半透明的外皮，大概类似从过粗的大腿上褪下的过紧的长筒尼龙袜。

曾经嫁入豪门的汉娜拥有几十英亩的庄园，在南加州和北加州之间，沿着太平洋海岸线，地盘有的是，所以她拥有马，还有南美山猫、蟒蛇、狗、猫、野山鸡、鹦鹉。也是一次漫不经心的瞎聊，汉娜提起多年前她的继子的朋友迈克·杰克逊。我打断她：等等，是那个迈克·杰克逊吗？英文中特指的“THE”，表示独一份、唯一性。汉娜说，是他，那时他还是个可爱的男孩，还是原装的深色皮肤。迈克住在汉娜家附近，也养了一只黑猩猩，叫泡泡。一次泡泡过生日，邀请的客人中有汉娜和她的一儿一女以及汉娜的黑猩猩丹妮。据说迈克邀请的黑猩猩有五六个，都“猩仗人势”，把寿星泡泡的主角地位都打翻了。汉娜年轻的时候很漂亮，高大，金发，日耳曼美女的所有看点都在她身上。但我想用帅来形容那时的她更恰当。试想年轻高大的金发汉娜，骑一匹骏马，在庄园的树林里巡游，调解动物之间的纷争，简直是电影女主人公的生活。

难道动物们谁也不捕猎谁？

有的试图偷袭，但最终没发生过血案。山猫倒是把汉娜的胸口抓出一道永久性伤痕，但那是它亲热过了头，把亲热文在了汉娜胸口上。汉娜的丈夫病逝之后——那是很多年前了，汉娜的一个女朋友开金融公司，汉娜把所有的钱交给她投资，其结果呢，这两年种种P2P骗局：付息卷本，最后老板跑路——实际上都是人家玩剩下的。汉娜遭了美国闺蜜暗算，闺蜜虽然被判八年，但八年换走了汉娜下半生的衣食无忧。一直被丈夫当宠物养的汉娜第一次涉猎劳工市场。她开始照顾老人，尤其患老年痴呆症的老太太。我的长篇小说《陆犯焉识》女主人公婉喻的很多细节，就是从汉娜那里听来的。比如老太太每天夜里挪家具，第二天早上准能让人看见一套不同的家居摆设，这个细节就是汉娜当牢骚也当笑话讲给我听的。汉娜照顾的老太太去世后，她开始经营动物旅馆，朋友和熟人以及邻居要出差或举家旅游，就把宠物送到她家。汉娜认为这个工作比照顾有怪癖的老人要开心一百倍。

汉娜认识巴比，是在她朋友的派对上。巴比暂时还在候场，先登场的应该是珍妮特。珍妮特是巴比的主人，按大多数美国人称呼，要称珍妮特为巴比的妈妈。

珍妮特单身，在美国银行业做高管，养了一条既聋又瞎并且脾气古怪的老狗，名叫巴比。巴比必须无时不刻地跟着珍妮特，若把它单独留在家，它就会捣毁它能触碰到的所有东西。它可以拉开冰箱，把一整罐牛奶倒在地上。所以珍妮特无论去哪里，都要带上巴比。再高贵的派对，巴比必须到场；你邀请珍妮特，不邀请巴比，对不起，珍妮特也不来了。就是在汉娜女友主办的派对上，汉娜遇到了珍妮特和巴比。巴比一寸不离地跟着珍妮特十寸高的高跟鞋，准确说，是跟着珍妮特的体嗅，因为巴比完全失明，嗅觉认人比眼睛还灵。但奇怪的事情发生了：当汉娜在一张沙发上坐下时，巴比走过来，卧在了汉娜脚边。珍妮特大惊：这是从来没有发生过的事！ 自从那场大火……

什么大火？

那是珍妮特最伤心的事。

我第一次在汉娜家见到巴比时，巴比已经十八岁了，浑身雪白，一张典型约克种的狗脸，但总让我觉得有什么不对，一琢磨，这只狗没有耳朵。没有听觉的耳朵是摆设，可连摆设都没了，就让巴比有点四不像了。

◆ 她就像电影《马语者》中的马语者，包括但不限于只会马语，她一定还会犬语，猫语，蛇语……

因为它自己听不见自己有多吵闹，所以朝着我这样一个陌生人（准确地说是我的陌生人气息）可以叫上一个小时。精通多种动物语言的汉娜对巴比是无用武之地的，因为它听不见她的狗语。汉娜只能任它狂吠，好在我们很快习惯在巴比制造的噪音中聊天谈笑。五百块一天的工资，两百五十块已被巴比回收去了：它的吵闹很消耗人。但就算珍妮特富有，应该没富有到往这条残废的坏脾气老狗身上一天糟蹋五百元的程度吧？是什么让珍妮特为了巴比一掷千金？接下去，汉娜就把巴比和珍妮特的故事告诉了我。

十多年前的珍妮特，是丰足的幸福的女人，有一幢两层别墅，有个英俊的爱人，有只淘气的爱犬。我姑且叫珍妮特的男友罗伯特，因为巴比是罗伯特的简称或爱称。那时候巴比还小，还有耳朵：两只典型的约克犬调皮不逊的、支棱着的耳朵。一次珍妮特去外地出差，他们的二层别墅发生了火灾，熟睡的罗伯特没有跑出来，而耳朵着火、肚皮着火的巴比却挣扎着跑了四条街口，找到珍妮特的女友家。女友扑灭了巴比身上的火，可怜巴比的眼睛已经被烧瞎。女友打911，但罗伯特和别墅都无救了。女友把巴比送到宠物医院，兽医发现巴比整个肚皮重度烧伤，已经死了一多半，放在医院也是等死。等到珍妮特赶回来，巴比却奇迹一般站立起来。珍妮特抱着巴比，巴比呜呜咽咽，满嘴是话，瞎了的眼睛流出泪来。不久，珍妮特给男友举行了葬礼，抱着没耳朵的巴比，接受来宾的慰问。据说那天珍妮特是沉静的，没有呼天抢地的大悲，但在日后她对巴比的态度上，人们意识到她对逝去的男友多么忠贞，对于他的离去是多么不舍。她没有再交男友，心思和时间都花在巴比身上。巴比是她曾经的三口之家（巴比算在内）甜蜜幸福的唯一见证者。巴比身上留有多少罗伯特宠爱的目光？巴比的梦里，罗伯特一定也还活着。

珍妮特在美国银行的事业风生水起。老天弄人，夺走她最体己的一份拥有，却用物质给予她补偿，而任何财富和物质，失去了分享者，拥有便也缺了快感。能与珍妮特分享的只有巴比，可巴比一天天老去。失去了听觉和视觉的狗，最怕离开自己熟悉的环境，所以珍妮特每次出差，送巴比去住宠物旅馆，巴比都会大闹天宫。巴比表现它的不爽就是大叫，不准任何人畜近身，近了它就咬，别看它失明，咬手指头的准头百分之百。巴比感官的功能全都附加到它的嗅觉上，就一个鼻子，它用来认路，找吃的，美味和难以下咽的食物，它大老远就闻得出来。它的鼻子也管辨认熟人和生人，邻里的狗谁友善谁敌意，它轻轻吸口气，马上明了。它还能闻出人或其他动物的嫌弃、鄙视，两只高傲的猫常常卧在邻居的篱笆上，巴比鼻子贴着地从篱笆下走过，它们就白它一眼：可怜的东西，简直就是个怪物，还活什么劲儿！巴比用狗链拉着遛它的珍妮特绕开猫们。只剩嗅觉的巴比多疑古怪，珍妮特渐渐被所有宠物旅馆婉拒，给多少钱都没人接受巴比。而珍妮特不可能不出差，她掌管的银行遍布全美国。

这就到了珍妮特巧遇汉娜的那个派对。

巴比居然用鼻子嗅出了汉娜对动物的爱心，嗅出汉娜那曾经天涯若比邻的动物世界，以及她从小到大毫无歧视地豢养各种动物的历史。巴比识人，超过一切有智慧有理性有眼睛的人们。汉娜对动物热爱的电波，直击巴比的心。巴比就那样，头次相识，就完全把自己交托给了汉娜，依着汉娜的脚睡着了。连汉娜抚摸它满是疤痕的肚皮和耳朵遗址，都不打搅它安睡。

过了几天，珍妮特又面临出差。她把汉娜请到家里。汉娜进了门，巴比似乎等的就是她，仰着脸，嗅到汉娜的香水、唇膏、发乳，一股独特的温热上了它的脊背，那是汉娜宽厚的手掌。珍妮特说，天呐，太怪了，每次家里来客人，巴比总是从听到他们的脚步声就开始狂叫，一直叫到人家落座多时，第一杯咖啡都喝完了，它还没叫完。

这天，珍妮特正式聘用了汉娜。汉娜上班就在珍妮特家里，珍妮特出差几天，汉娜就上几天班。因为巴比在这房子里早就画好了行动路径，所有的拐弯抹角，所有尖利圆润的家具，它都熟悉，都能有效规避或躲闪，想跑多快都行，不会撞在物事上，也不会摔跤。

汉娜当晚睡觉，巴比就在她床头留宿。夜里汉娜翻身，巴比惊醒，就像着了梦魇，拼命地叫。汉娜把它抱在怀里，对着它原先有耳朵的地方，也发出几声吠叫，不过是轻轻的。不知怎么一来，巴比懂了，渐渐安静下来，挨着汉娜的脸睡着了。

汉娜跟巴比的感情纽带越来越牢。汉娜终于向珍妮特提出，以后珍妮特出差，巴比就去汉娜家，这样汉娜可以兼顾照料她的小菜园子，她的几株花木果树，再说，有个院子让巴比跑一跑，撒撒欢，巴比的日子可以多彩些。汉娜住在旧金山郊区，前阳台对着一个窄窄的海湾，后院是个大上坡，一寸土地都没被汉娜浪费，种植得就像农场梯田。

巴比可是要闹的，一到陌生地方，它就闹得不行！珍妮特很怀疑，汉娜出的是馊主意。

汉娜认为总是可以试试的，不行总可以退回原处。

汉娜把巴比带回家，很好，巴比马上在各屋尿一摊，圈地占房，丈量王土，然后出后门，到院子里跟柠檬树、玫瑰花、薄荷草各打了招呼，再熟门熟路，回到客厅。汉娜的温暖和气味就是它的热土，毫无陌生可言。从此，汉娜工作家务两不误。汉娜居住的小城最开始是葡萄牙渔民的定居点，城市和村野没什么临界点，汉娜带着巴比，走着走着就走到了乡下。乡下没有冲巴比翻白眼的高傲的猫，多的是蓝鸟、画眉、喜鹊、海鸥，带刺的黑莓和山菊花漫上海堤，巴比的嗅觉浏览着全然不同的景色。

巴比完全是自由的，不需要画出路径，脚下就是路，可以恣意撒欢，嗅觉准确指引它的行止，现在把眼睛还给它，怕是也多余了。到了此地，汉娜几乎跟不上巴比。看来，给动物拿主意，她总是先知先觉，主意总是正的。

残废的巴比，完满度过了它的一生。一天汉娜接到珍妮特的电话，说巴比肾衰了，她决定让它无痛而终。巴比长寿，活到十九岁多，然后去天堂会它的男主人罗伯特了。记得我母亲去世时，我看见她练书法写下的刘禹锡诗句："将寿补蹉跎"，可怜我那母亲，一生感情蹉跎，事业蹉跎，老天也没有假她以长寿，我最为心碎的就在此。巴比真正是早年蹉跎，晚年福满而长寿。所以珍妮特没有多少遗憾，给巴比也算发了喜丧，骨灰和它最喜爱吃的零食埋在它最喜爱撒尿的一棵大橡树下。

几年前，汉娜跟我说，她在田纳西买了一座房子，租出去，就可以养老啦。汉娜的女儿在田纳西一所大学里工作，她在那里买房子，自然有留遗产给女儿、外孙女的打算。汉娜接着来一句，知道我哪来的这笔闲钱吗？是巴比给的；这些年照料巴比的工资，交完税，正好够！等于巴比部分地提供了汉娜的养老担保。汉娜老来的安全感，部分是巴比给的。因与果，此刻明了了：施爱者，被奉还与爱，自然界总这么公平，总这么或明或暗地对称。汉娜早年豢养救助的无数动物，全都附着在一个巴比身上，报答了汉娜。

穗子的动物园

我不是乌鸦

1. 查理的 Point Of View（以下简称 POV，即视角）

它也不知道怎么就落在了这个院子里，可能是从院子外面大树顶上落下来的。它的父母和所有亲眷都喜欢在最高的树枝上搭巢，这一套是它父母从它们的父母那里学来的。原因是地上有狐狸，居民们还养猫，狐狸能够得到位置低矮的鸟巢，猫要是嗅到巢里的乳鸦，那么再高的树也难不倒它们。所以祖祖辈辈的乌鸦们总是把家建在连猫的嗅觉都达不到的高度。所以，它只可能是动作太大，从树顶鸟巢跌进这个小院的。后来听绨娜和

◆ 禅花园的石山原来是块黑色石头，现在上半部成了白色，让查理的排泄物染白了，有点像 Yuki 墙上的一张画。

汤姆说，这个小院子是日本式的，叫禅花院。禅花院真是小啊，小而全，精致条理，有山有水，种了一棵小小的枫树，后来它也明白那是日本枫。山呢，就是枫树旁边戳的一块柱子形石头，顶部是圆的，很像一个秃头男人的脑瓜顶。除此以外，就是半座日本式小木桥。其实该称小花园为天井，因为四面有墙壁，墙壁上开了窗，它就是在清晨被窗户里的一双蓝眼睛发现的。

2. 绨娜的 POV

她还不能完全看清它是个什么——天色铅灰，典型的“柏林灰”，典型的柏林的灰色深秋清晨。灰色的天光从天井顶部灌入，照在这个小小的禽类身上。她听见身后汤姆在床上伸懒腰，他醒了。她小声叫道：“汤姆，快来看，那是什么！”汤姆听出她的惊异，从床上一纵身，直接落到她身后的地面。“哦，是一只 baby 乌鸦。”他很平静。她问：“要不要把它抱进来？”汤姆反对，意思是，不明飞行物，身上万一带着病菌病毒，他们可是有个八岁的娇女儿。可是绨娜看到这个儿童乌鸦在跟她对视，两只又大又亮的眼睛，点燃在铅灰的早晨。她说："也许小乌鸦受伤了呢，不然为什么它一直卧着不动？"汤姆说："也许它得病了，这正是不能把它放进屋里的理由啊。"绨娜又说："那也不能老让它待在那里……"汤姆打断她说："放心，它不会老待在那里，狐狸也不会老让它待在那里。不信你明天早上再看。"狐狸常常出没她家前院，缇娜和汤姆偷拍过许多狐狸的玉照。绨娜不吱声，觉得汤姆太理性，太不浪漫，缺乏童话意识。此刻她听见闹钟铃声在 Yuki 的房里响起，女儿该起床了。他们的女儿从睡到醒再到起床是件大事，绨娜得去处理这件大事，暂时搁置对幼童乌鸦的处理。

绨娜和汤姆中年得子，得了个雪白的女儿，所以给她取名字 Yuki，日语雪花的意思。绨娜对日本的一切都着迷，所以给他们纯种的日耳曼女儿取了个日本名字。而且她承认，因为是中年才得到一个女儿，他们爱她爱得总有点措手不及，手忙脚乱。闹铃直接闯进 Yuki 的深睡，这是 Yuki 愤怒的原因，所以 Yuki 猛醒，同时就愤怒地长吼一声。但 Yuki 马上又回到睡眠里。然后才是真正的睡醒过程：浅睡——深倦——浅醒——浅倦——醒来，这之后是她与一夜美好睡眠的漫长告别；由于终于要不可逆转地别离这睡眠的美好，进入一整天的数学语文英文德文的上课下课，一天的课外课，芭蕾课钢琴课网球课，Yuki 不由产生一种疲惫，一种失落感，于是她总是延长不可逆转的别离睡眠的过程，绨娜也常常在心里感叹：当个孩子真不易。今天见她的失落感和疲惫越发强烈，绨娜拉开窗帘，凑到她耳朵边说："Yuki，快往窗外看！"由于院子是个天井，Yuki 的卧室也有一扇窗，能看到小木桥栏杆上卧着的小乌鸦。Yuki 欢叫着直接从半醒冲到窗前。Yuki 跟世界上大多数孩子一样，热爱动物，但她被允许拥有的宠物，就一只乌龟。仅仅一只乌龟，就是连接 Yuki 的真人世界和童话的桥梁。她看到这只禽类孩子不光是高兴，简直是狂喜，赤着脚就要出去，把它抱进来。绨娜只能把汤姆的话讲一遍：野外的动物身上都有病菌病毒，就让小乌鸦待在天井里吧。Yuki 瞪着跟小乌鸦一样明亮的眼睛，看着绨娜，又去看乌鸦小朋友，绨娜不忍地又加了一句："小乌鸦跟爸妈走失了，我们把它抱进来，万一它爸爸妈妈找不着它，多可怜呀。"这是真正说服了 Yuki 的理由，这条理由比病毒病菌重要一百倍。当天晚上，Yuki 给小乌鸦送了一点香肠和水。汤姆坚信，小乌鸦当夜一定会被狐狸解决掉。可是第二天早上，小乌鸦原地卧着，从狐狸魔爪里赚了一天的生命。这天晚上他们都回到家，Yuki 头一件事就是去天井。她从天井里发出惊喜呼叫："查理还在这里！"她为什么叫它查理，而不是珍妮或汉娜，不得而知。既然他们都不具有能力和知识判断禽类幼童的性别，就以 Yuki 的命名为准。缔娜小声对汤姆说："它还在那儿呀！"汤姆小声向她担保："今晚狐狸一定会解决它的。"缔娜又小声地说："那我没法跟 Yuki 说，把查理留给狐狸去干掉吧。"已经有名有姓的小乌鸦，在 Yuki 心里，就不是一只偶遇的陌生小野物，假如真把它就那么留在原地，让狐狸自己请自己的客，明天一地羽毛几滴血，Yuki 的童话世界早早就到了末日。于是缔娜做主，把小乌鸦查理请进家门。

查理在客厅的深红丝绒沙发上选择一个角落，做它的卧室，瞌睡来了，它就卧在那里，闭上它奇怪的眼睛。奇怪在于，它的眼帘是从下往上盖住眼球，像一道从下往上拉起的门帘。一般动物的眼帘，难道不正如落幕，自上而下落吗？绨娜在它的“卧室”铺了一块小毯子，每天更换清洗。这里不仅是查理的卧室，也是它的卫生间、储藏室。因为绨娜很快发现，它把吃剩的香肠、生牛肉条也藏在这里。不管给它多少食物，它总是吃一半，留一半。它不只把食物藏在沙发角落，到处都有它私藏食品的密室：天井的花丛里，小桥下面，石山底部，甚至绨娜的膝盖弯里：一次绨娜做瑜伽，两腿保持跪地的姿势，大概持续了五分钟，查理觉得她大腿和小腿形成的九十度直角内侧，是个绝对安全的小密室，于是便把一条新鲜的生牛肉放在那里。

3. 查理的 POV

它也不知道为什么，总觉得如果不把吃的藏起来，下一顿就会饿肚皮。它总是急急忙忙找地方，把藏在一个地方的食物搬到另一个地方，因为它生怕上次藏得不够秘密，说不定阿利雅看见了，虽然它们乌龟的动作又笨又慢，但你什么也别想瞒过那两只冷冷的小眼睛。它在天井里藏的肉，一夜之后就没了，只留了肉味在泥土里。小偷在夜里一定到访过天井，把它的备荒粮偷走了。白天这个房子里很安静，就剩下它和那只低级动物阿利雅。它正在打盹，被一声呼叫惊醒，是它们同类的嗓音。这时，它看见一只漂亮的乌鸦降落在天井里。她背部和腹部那块灰白羽毛基本雪白，头尾的羽毛却浓黑发蓝：一个乌鸦国的女神。隔着玻璃门，它看她在查找每个地方，然后飞到石山上。那可是它最喜爱的户外马桶，只要它往石山的秃顶上一蹲，排泄就畅通无阻，一泻千里。这只美丽的雌乌鸦东张西望，寻寻觅觅，她在找什么呢？找它藏的牛肉吗？可它已经把牛肉搬家了。此刻，乌鸦女神来到玻璃门外，向里张望。女神凑到玻璃跟前，然后就看见了它。她似乎认出它是谁来了！她展开两只翅膀拍打着玻璃。她有可能是它的母亲吗？在失去它之后她一直在寻找它吗？也许她来此地很多次了，但玻璃门常常是被厚门帘遮挡住的。她不停地重复翅膀拍打玻璃的动作，同时还腾空起来，用尖利的脚爪猛抓玻璃。她以为这一层透明的物质会被她打穿，或者被她的母性融化。她只能是它的母亲；只有母亲能认出走失多时的亲骨肉，无论成长怎样改变了孩子，都瞒不住母亲。它只能是她的孩子了。可是它出不去，她进不来。最终，她把自己消耗尽了，仍然跟它隔着一层透明的坚硬物质，近在咫尺，四目相望。它看着她缓慢起飞，在起飞前回过头，看它一眼，叫唤一声，告诉她的孩子，她会把它救出去，带上天空。我的长着翅膀的孩子呀，你的归宿在天空……

4. 汤姆的 POV

查理最喜爱的活动，是一边嚼香肠或者碎牛肉，一边拉撒。禅花院的石山原来是块黑色石头，现在上半部成了白色，让查理的排泄物染白了，有点像 Yuki 墙上的一张画。画是 Yuki 的钢琴老师送的，画中的山叫富士山，山头发白。Yuki 跟小伙伴们说，那是火山口的火山灰。查理排泄起来也像是火山爆发。汤姆必须不断冲洗石山上查理留下的“火山灰”，唯恐其化为钟乳石，再想清理就很困难。在冲洗的时候，他发现玻璃门下地面上，落有一些陌生的羽毛，肯定不是查理的，因为羽片较大，而查理身上的胎毛还没褪尽，处在换毛阶段的查理，绝不会有这样成熟的羽翎。那么就是说，一只成年乌鸦造访过此地。再细看，汤姆看见玻璃门的下半截显得脏，被杂乱的鸟爪痕迹弄污了。查理被他们收养半个月了，他和绨娜一直在说，查理的父母说不定还在找它。乌鸦是种奇怪的鸟，重视亲情，双亲呵护哺育幼鸟的时间很长，口对口哺养两个月，如果雏鸟还柔弱，乌鸦爸爸妈妈会将哺育期再延长两个月。这就是为什么乌鸦同时享有美誉和恶名。美在于它们的慈悲，待到老鸟垂垂老矣，体弱眼瞎，翅膀无力，乌鸦儿女们会反过来哺育老辈，模仿老辈曾对它们的做法，口对口把食物吐进老鸟口中。至于乌鸦的恶名，多数始于偏见，它们好吃动物的尸体，因此人们就造它们的谣，说它们把谁谁谁给咒死了。它们倒确实有条破嗓子，于是鸦鸣成了死亡的预报。查理进入他们的家庭生活之后，让他们全家和所有朋友对乌鸦有了新认识：乌鸦其实是如此的聪明而喜兴。鉴于乌鸦具有比其他动物更强大的母性，汤姆断定，玻璃门上的鸟爪痕迹很可能是查理母亲留下的。此后，爪痕一次次出现，乌鸦妈妈对查理真是不死心，她一定认为自己的利爪可以水滴石穿，最后破开人类的囚禁，救她的孩子出牢狱。绨娜犹豫着说："那我们每天离开家之前，就把查理放在天井里吧？" Yuki 反对说："不行！狐狸把查理叼走了怎么办？查理还飞不高……" 汤姆说："狐狸肯定在前院的地下打了洞，只要家里没人，它就会出来转悠，看看能讨到什么便宜。现在把查理单独留在天井肯定是危险的。再等一段时间，等查理的飞行技术老到了再说。" 他们一家三口讨论查理的去留时，查理卧在厨房柜台上，从柜台起飞，它的下一个着陆点必定是抽油烟机。这台机器是专门设计的，机器上面安了一块有机玻璃挡板，像是抽油烟机的天花板。挡板的宽度足够查理舒服地蹲卧。查理蹲卧在有机玻璃挡板上，露出脑袋往下看，看绨娜做晚餐，时刻准备好俯冲：似乎只要它认为食物温度不足以烫伤它，它便会俯冲下来。不过它终是聪明，阻止了冒险的念想，俯冲从未发生。查理假如精力用对了，心思用正了，好好练习飞行，他们一家三口早就不必为它操狐狸的心了。可是它的机灵劲儿都使歪了。来到这所宅子里第三天，它就发现所有好吃的都出自那个白色的大柜子，柜门一开，一股冷气就会冒出来。终于在一天傍晚，趁缔娜蹲在冰箱前翻找菜品，它一头扎进冰箱，落脚在一盒绞碎牛肉上。缔娜发现，它已经成功在保鲜纸上叼开一个洞，并抢食了几大口，速度比人们眨眼还快！

汤姆大声说："不行！ 查理！ 你不能这样干！"他把它从冰箱里抓出来，放到天井里，外面飘着雪花。查理往左边走几步，回头看看他，又往右边走几步，再回头看看他。汤姆对查理说："你怎么可以这样？！ 万一没人发现你进去，关了冰柜门，你就成了速冻乌鸦了！"它的头歪向左边，像是在认真、吃力地理解汤姆说的话。汤姆气冲冲地把绞碎牛肉扔在它脚边。它低头看看，却没有动。也许是吃饱了，也许汤姆这样大声训斥，把它吓着了。

5. 查理的 POV

“哼，把我的饭泼了一地！”它心里说。满地碎肉屑，指望它一粒一粒地用嘴去捡吗？还这么红着脸，瞪着眼站在它对面。“你这么高的个子，这么大的一个雄性人类，跟我发脾气，不难为情吗？”它心里不平。“不就是我好奇，去冰箱里打探了一下吗？多大个事儿？就不能待我好点儿？我就配嘴啃泥地吃一顿晚饭？别对我像对待一般的菜鸟，什么鸽子呀，麻雀呀，乌鸦呀——我可不是乌鸦，我是查理！是你们正式领养的家庭成员！”它站在越来越厚的雪地上，希望汤姆能明白它的态度。

6. 绨娜的 POV

她从来不知道鸟也会赌气。她笑着走到汤姆身边，蹲下来，争取尽量缩减与查理在身高体积上的差距。汤姆说：“你看查理在干什么？”绨娜说：“它好像在赌气。”汤姆说：“他妈的查理，你在赌气吗？”绨娜笑起来，也问它：“哎查理，你到底是不是一只乌鸦？怎么比狗还要脸面。后院那一边，沃克家养了一只叫壮壮的狗，挨说的时候也没你这么大气性！快进来吧，看雪花越来越大了！”雪花渐渐盖住了地面上的碎肉。汤姆说:“好吧查理，你不怕冷就在外面待着，我们可是怕冷。”说着他拉上玻璃门。过了一会，绨娜看见查理的脑袋不见了，脑袋被查理放进了翅膀下，看来它也是怕冷的。此时 Yuki 从地下室跑上来，说功课做完了，肚子饿了。她忽然看见门外的查理，拉开玻璃门，叫道:“查理，你怎么在外面！多冷啊，快进来！”Yuki 给它搭的台阶很及时，它顺着台阶下台，马上进到暖气充足的客厅。

7. 歌苓的 POV

我看见查理蹲在 Yuki 的肩膀上，一张大嘴大得跟脑袋失去了比例，跟身体更失去了比例。那时我们还住在大使馆的宿舍区，后院跟绨娜家的后院背靠背，中间没有固体的隔断，我们经常隔着几株灌木谈话。Yuki 长得很漂亮，娇滴滴，细溜溜，金黄头发，跟绨娜一样，是白种人里的白种人，脸蛋雪白雪白，两只淡蓝眼睛，她在太阳里站着，就像曝光过度的照片。冬天的太阳遥远，Yuki 那么浅色，又穿着乳白羽绒衣，身形就要虚在光线里了。她肩膀上站着黑灰的查理，才使她整个人有了实感。查理已经三个月，但还是个雏鸟，飞得还不稳当，最高才能飞到汤姆的头顶。但查理很聪明，总是先飞到一个高度，再从那个高度往新的高度飞。从 Yuki 的肩膀，它飞到汤姆头顶，在汤姆脑瓜上助跑、起飞，就能飞上屋檐。静静的 Yuki 有了查理，动静大了许多，常常听见她狂欢的吵闹声。站在屋檐上的查理，使我看清它现在的模样，已经从儿童时期进入了青春期，毛色开始从晦暗不清的黑灰色，过度成德国乌鸦的典型色斑：身体中段为灰白，头尾为纯黑。

8. Yuki 的 POV

查理落在屋檐上，两只大乌鸦在树上朝它使劲叫。Yuki 问爸爸："它们是查理的爸爸妈妈吗？是来带查理走的吗？"爸爸说："也许是查理的姑姑和叔叔呢。"两只大乌鸦的叫声很难听，在树上的姿态也很凶，查理做错事似的又惭愧又委屈，样子是惧怕的。大乌鸦是在骂查理吗？爸爸说他不知道。查理肯定懂得乌鸦语言，但它没法向父女俩翻译。就在此时，两只大乌鸦从树上飞落到我们的屋顶上，现在看清楚了，一只大一些，一只稍小。它们仍然嘎嘎狂叫，一左一右包围了查理，其中身材更庞大的那只脖子突然变粗，所有羽毛张开来。爸爸说："不好了，这两只乌鸦会伤害查理！" Yuki 大声叫起来："查理！回来！"查理从屋顶上飞下，落在 Yuki 肩膀上。两只大乌鸦发出丑陋的呱呱声，这回是冲 Yuki 来的。爸爸冲它们使劲挥了挥手，嘴里还发出"嘘嘘"的声音，乌鸦也懂，这是个带威胁的逐客令。两只乌鸦一先一后，撤退到树上。

查理马上忘记了刚才一幕，发现雪里露出点红色，嘴巴啄了啄，从雪底下叼起一根红绳子。那是 Yuki 的绳子，下雪前她在这里跳绳，跳完忘了拿进屋里。Yuki 捡起绳子一头，但查理不放开它的那一头，她使劲拉，它也使劲拉。爸爸汤姆看见了，大笑说："查理会玩拔河！”妈妈绨娜也大笑：“比猫咪还聪明呀！”查理觉得自己的表演效果显著，样子很狂，走路向两边打晃，胸脯挺得比平时大多了。树上的两只乌鸦叫得凶恶丑陋，查理跟人类玩游戏，它们嫉妒了似的。

9. 乌鸦叔叔的 POV

它跟那个小姑娘玩一根绳子，多么无聊，一根绳子在两者之间拉过来拉过去，这就让小姑娘乐得尖叫不断。小乌鸦是乌鸦的孩子，而人类的孩子多么可悲，不知道天空有多少乐趣，在树林深处才有真正的玩耍。这只小乌鸦大概永远不会自由飞翔，不会打猎，不会捕食，不会喂养年迈的老辈。它哪里还是我们乌鸦族类的成员，分明已经成了人类会吃会拉的玩具。

小姑娘掏出什么吃的，扔给它。它张大嘴巴，接住了那块食物，小姑娘于是又乐得尖叫。小姑娘的尖叫真是可怕，树上所有的树叶都要被刺破了，乌鸦薄薄的耳膜被刺得生疼欲裂。它对它的雌性伙伴说：这只小东西已经不再是乌鸦，是那种最没有尊严的东西，那种被人类养殖成宠物的东西。

然后它俩一起飞离大橡树，向广阔寒冷的天空飞去。

回头看，那么多的房顶，密密麻麻的小窗户，是人类为自己和宠物们建造的美丽牢笼。那些漂亮牢笼里，监禁着叫作狗和猫的宠物，那些可怜东西在万千年之前就被驯化、奴役、收买了，陪着人类玩耍，守望他们的财产，接受阉割，放弃求偶的快乐，从而获得无滋无味、千篇一律的食物。可怜的东西，就像这个幼童乌鸦，哪里会懂得，做一只生死未卜但自由自在的真正乌鸦，是什么感觉！

10. 歌苓的 POV

绨娜在家里刷洗家具，我顺路来打听有关少儿芭蕾班的事，因为我的女儿阿伊莎和 Yuki 同上一个芭蕾班。我问起查理近况，绨娜眼圈红了，说她现在就在清理查理的遗物，洗刷查理的遗迹。查理失踪了。查理是在他们全家到布拉格参加 Yuki 的网球比赛期间失踪的。赛事持续四天，他们给查理和阿利雅请了临时保姆：绨娜的弟弟，也就是 Yuki 的舅舅。舅舅带着舅母以及两个孩子入住了绨娜家，到了第三天，他们哪里也找不到查理了。天井里没有搏斗的痕迹，没有被狐狸猎杀的落羽和血迹。什么都没有，查理简直是蒸发了。绨娜分析，也许她弟弟的两个孩子太吵闹；那是两个吵起来没命的孩子，孩子们吵闹的宠爱，查理消受不了，离家出走了。汤姆分析，四天对于一个四个月大的少年乌鸦几乎就是半辈子，它不明白自己为什么被遗留给一帮子陌生人；它到底做错了什么活该得到这种遗弃！它等到了第三天，坚信这一家人真的一去不返，把它留给了一对吵死它的孩子，连乌鸦都嫌吵的两个六七岁的孩子还总要追逐它，作弄它，对它发出各种指令，恨不得它一刻不停地给他们出洋相，当小丑。“所以它认为我们太绝情，它也就绝情离开了。”

11. 查理的 POV

它离得那么远，也没打算跟它们争抢地上的野猪肉，就上来两只大乌鸦，对它发出难听的低吼，并在它头上啄了一口。真疼啊！一只雌性大乌鸦说：“滚开！

滚得远远的！你身上沾满了人臭！你不属于我们高贵的乌鸦！”它连连后退，它们还不罢休，做出各种恐怖姿势，发出各种不堪入耳的凶狠声音。那只野猪是被人类猎杀的，又被掩埋了，但掩埋得太潦草，先被几只秃鹰啄出土面，鹰们吃饱了，离开了，才轮上乌鸦。它会这么下贱，等你们吃饱了，再吃那些残剩？

但这一个乌鸦大家族绝对见不得哪怕远远待着的小乌鸦查理。再一次，一群年轻乌鸦蜂拥而至，简直要把它也制造成一具尸体，分而食之。它情急之中，突然起飞；它发现，嘿，这可是个卓越的起飞，最优秀的乌鸦式起飞。它拔地而起，直冲天空，然后随着风向翱翔，哈，看看那群傻东西，还以为它会与之争食，认为吃惯了优质牛肉和著名香肠的查理，能下作到与你们争食？

它第一次感到翱翔的快乐，自由真好！

没有任何一个乌鸦家族愿意接纳它，没问题，它不与其一般见识，它可以享受独自翱翔、独自觅食的快乐。

野猪的腥臭渐渐远去。

12. 绨娜的 POV

前院，一只英俊的成年乌鸦降落在草地上，朝她接近几步，又接近几步。它跟去年失踪的查理很像啊！绨娜朝它审视，它明亮的眼睛也看着绨娜。绨娜说："喂，你是查理吗？要是，就过来吧。"

它犹犹豫豫，又凑近一点。绨娜伸出手，它却一下飞起来，但飞了半个圈，在绨娜的另一边降落，再次看着她。

绨娜赶紧回到屋里，从冰箱里取出半盒绞碎牛肉。汤姆坐在沙发上看电视，她小声说："汤姆，你看，院子里那只乌鸦，是不是查理？"

汤姆向前院看，阴天的草地，确实大摇大摆行走着一只乌鸦。查理长大以后，会这么英俊高大吗？汤姆不敢认。两人悄悄来到前院，正逢乌鸦专注地啄食草丛里什么虫类。两人轻手轻脚向它靠近，一臂之遥了，绨娜把一条牛肉扔给乌鸦，它却一蹬腿，上了天。

绨娜失望地说："可能不是查理，查理不会拒绝我的牛肉。"

汤姆说："我看不出来。除了查理，我看所有乌鸦都一模一样。”

绨娜的视线和心一直还给那只英俊的乌鸦牵系着，直到它消失在树丛后面。

13. 查理的 POV

那个花园就在它的俯瞰中，两个营救抚养过它的人越来越小，但他们目光的热度，它仍然能感到。谢谢，谢谢曾经救它、抚养它的人们，但它不能再接受人类的喂养，因为从曾经的寄生虫查理变成真正的自食其力者，它付出了多重的代价？它常常这样，遥远地，无声地，来看望它的营救者和抚养者，但它不会再接受他们的救助和抚养。尽管它孤独，尽管它至今孑然一身，它不会再回来做他们的宠物查理。至今，所有乌鸦家族都不认它为同类。因为它不是乌鸦，它是查理。

猪王汉斯

穗子的动物园

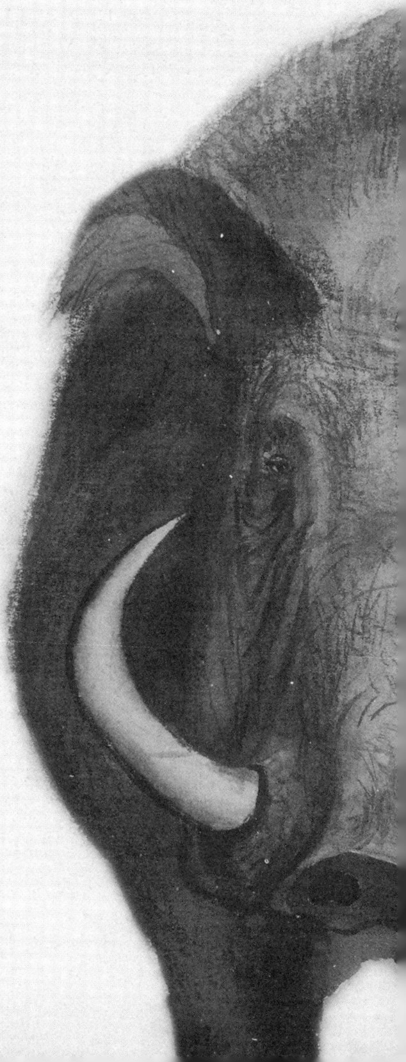

第一次碰到汉斯是三年前的春天。当时我和一个闺蜜正在寻找啤酒花藤，偶遇了一对散步的老夫妇，是他们跟我们讲了汉斯的故事。在那个故事里，老爷子似乎曾把主人公叫作鲍勃。后来我向我的德国闺蜜乌苏拉转述故事时，她质疑：鲍勃？！怎么可能叫这种美国名字呢？一定是你记错了！德国人给它取名只可能是“汉斯”或者“佩特”之类最常见的男性名字。

好吧，姑且就叫它汉斯吧。德国的诺贝尔文学奖得主伯尔（Heinrich Böll）写有名著《小丑之见》，主人公就叫汉斯，就算我蹭点命名方面的吉利。

看到汉斯的脸，逃已经来不及了。它的脸就在五米之外，在我俯身拔起一根啤酒花藤（**后来经检验拔错了**）位置的侧方，之间隔着五六米没膝的高草。让我来回放一下汉斯的脸，并且要用特写和定格来强调回放效果。这张硕大奇长的脸是我见到的无数动物人物脸谱里最悲苦的一张，那苦相跟电影《钢琴师》中的亚得里安·布罗迪放在一起，立刻使后者显得量级太轻。假如把悲哀到喜悦排出度数，钢琴师扮演者的脸只达到三度，而汉斯达到十度绰绰有余：一张悲哀超饱和的面孔。这也是我没被它的现身惊得一个屁股蹲儿或一个侧滚翻而后拔腿飞奔的原因。这么悲苦的野兽面孔和神色，让我着了一秒钟的魔。它身量巨大，可以跟我在泰国见到的一匹baby象的体积相比，站得一动不动，大长脸下部，嘴巴沾着泥土，龇出的两根獠牙，一根长，一根短。特写：那根断了的獠牙断得恰到好处，使之更加锐利，于是它同时持有长短兵器。它的眼睛特别小，野猪固有的小眼睛在它超大的脸上显得更小，并且粘满眵目糊，但也不耽误它流露看穿一切之后的彻底悲哀。必须承认它丑得要死，丑陋使它的悲苦容貌更得以强调，而悲苦使它的丑陋得以升华。一秒钟内，我也一动不动，我们目光对接，感觉直达彼此灵魂。

我静静地退出这场目光较量，庆幸我的两只狗早就跑到前面，和路遇的其他狗寒暄去了，否则它们狗仗人势对汉斯拉开吵闹的攻势，最终吃亏的很可能是我这个人类。

此刻我的女友在草丛外跟人聊上了。常年在这条便道上遛狗或遛自己，我们都结交了一群半熟脸。脚下是条用沙子铺就的便道，连接一片森林和一座人工山坡，仅三四米宽，却是从茂密的林子里撕将出来，把树和草逼退到两边，于是路边的树和草格外生猛苍翠。只要天好，道上行人络绎不绝，附近居民遛狗、跑步、骑单车、散步，即便没有熟人的直接陪伴，也从不缺少陌生人的间接陪伴。便道的一个出口是上山，所谓山，不超过海拔两百米，是二战结束后用战争垃圾和盟军轰炸的牺牲者堆成，它的另一头通向柏林城市内最大的森林，森林深处供野猪、狐狸、野兔藏身。林子里主要的树种为橡树、榛树、白桦，当然苍松翠柏也不少，间或你也可以看到马栗子树。马栗子、松果、橡果和榛子都是野猪的主食。野猪口杂，什么都吃，加上它们嗅觉灵得惊人，森林里到处能看到被它们翻刨很深的泥土，多年前被落叶覆盖的果实和根茎都被翻出来。猪类的好嗅觉被法国人和意大利人开发利用，勘探出白松露这样钻石级的山珍。假如训练得当，完全可以让汉斯帮我寻找那种可口又能药用的啤酒花藤。

啤酒花的主要作用是酿啤酒，但那要靠人工整片土地大量种植。我们想采集的这种是野生的，居然也有啤酒的安眠功效。啤酒花在春季生出一根根青嫩的细藤，摘回家清炒，放些蒜末，是一盘只属于春天的佳肴。我喜欢吃野菜，挖来荠菜包饺子和馄饨，是我很热衷的春天野游目的。后来跟着其他女友学会采摘野韭菜，野外的收获又多几成。可我就是一直没有学会辨认啤酒花藤，这天跟汉斯遭遇，也是因为专心寻找而误入了它的王土。

从草丛深处退出，把这场惊险遭遇告诉了女友。聊天的对象是一对老夫妇，老爷子一听我的描述就说，哦，一定是汉斯！（我怎么一直记得是鲍勃呢？）汉斯就住在这一带，说着老头指了指我全身而退的草丛。我问，谁给它取的名字？老爷子说，我们都认识它，总得给它取个名字吧。接下去，就是老爷子给出的汉斯简介：汉斯，雄性，体重二百五六十公斤，最盛年时应该达到三百公斤，曾为这一带的猪霸王。彼时，它威风八面，带领两百多头之众的雌雄老少，游牧在这片森林里。部落最繁盛的时候，老远就能听到它们霍霍过往。有人在湖边见过它们，队阵有一公里长！柏林人无眼福观看大象迁徙，汉斯带领的家族跋涉就也算一道壮观景象了。人类的法则是不允许任何兽类无计划生育地繁衍壮大，每隔一段时间就要对过剩的野猪群落进行大屠杀。大屠杀我是见识过的，届时人和家畜都被禁止在森林外，只听林子里枪声此起彼伏，人声兽声不绝于耳，可我从来没看见野猪牺牲者们的后事是怎么操办的。也许拉到某处被集体掩埋或焚化了，也可能屠杀的成果连接着秘密的下家——柏林某角落存在的某肉食品加工机构。多次大屠杀，盛年的汉斯得以幸存是得益于它出奇的健壮，惊人的勇猛。年复一年，进入了老年的它蓦然回首，身后两百头之众的部落已经消失，只剩了它孑然一身。此刻的汉斯，老无所依，没有任何野猪部落愿意收留它。反过来，做过王者的雄性野猪性格都极其孤傲，没有至尊的地位，宁可落单。故事讲到此刻，讲故事的人说，也许是刽子手们于心不忍，把这个故事传开的。但很奇怪，汉斯彻底孤寡后，总是出现在离人群颇近的地方，我刚才寻找啤酒花藤的那片草地，就是它的栖息地之一。我想到老汉斯的悲苦脸容，觉得它的悲苦是如此的有缘由。这是一个送走了所有黑发人的白发人的悲苦，这是一个见证了所有臣民被屠杀而无能为力的悲苦。跟人类结下世仇的汉斯，却选择在人群熙攘的道路边栖息，这又是什么悖论呢？或许它在等待那个杀害它最亲孩儿或最宠王妃的仇家，用最后的生命力绝地反击？要么是出于完全相反的原因：哦，人类，这是我的老命，也拿去吧，也赏我一颗子弹吧。也或许，它那灵异的嗅觉嗅到人类那淡淡的怜悯，“刽子手”的恻隐之心，想让这条道路上过往的人类间接接受它，间接陪伴它？

第二次看见汉斯的时候，是次年的暮春，还在老地方，但我已经对它毫无恐惧。它皮毛的颜色更加似是而非，似褐而灰，颓败老旧到了只剩“污秽”这个词能形容了。它眼睛里还残剩一丝野性，但更多的是一种忽略，我，包括我牵着的汪汪不休的犬类，都在它的忽略不计之中。对了，它的身姿像是刚从倒卧状态站起，那就是说，我们打断了它的白日梦，因此除了忽略我们，它还在忍耐我们的打扰。是的，就是忍耐，像许许多多老而不死的生命，它们情绪的基调，就是忍耐。忍耐别人，也忍耐自己，更忍耐别人对自己的忍耐。不忍耐又如何？它求生求死都不得，人类操控它们的生死存殁，替它选择了在结束它所有天伦之乐之后而让它孤苦地活着，一天天活下去，那么它就必须忍耐这种活法。离开它的栖息地之后，我心里抽搐，几近落泪。汉斯和它同类的死活、伦常被人类主宰，人类决定它们是否生育过多，是否数量合理，是否断子绝孙。自从一万年前这种叫作“智人”的灵长类出现，对其他生命、种群的奴役和杀戮开始了，自那时起，多少生物灭绝了？人类开始了主宰，而谁又给人类这个主宰权呢！回过头，让我来看看这座用战争残屑堆积的山坡，想象那下面埋葬的被战争机器屠杀的牺牲者，他们倒下去的时候，显然丧失了生死存殁的主宰权。进一步推想，这些自认为优越于人类其他种族，绝对优越于犹太人、吉卜赛人的雅利安族，在倒下的刹那，是否闪过一丝感悟：主宰与被主宰的对调原来如此易如反掌？主宰者如何在眨眼间就成了战争垃圾，无贵无贱，同为枯骨。自视佼佼者的雅利安儿女沦为战争垃圾之前，不还以为手中主宰着犹太人、吉卜赛人生死存殁的决定权？他们的王者自裁之前不还试图逆天地择优、淘汰？

去年初冬的一天早晨，我带着我家三只狗去遛弯。正是昼短夜长的尴尬月份，八点已过天光还是深灰。我们一人仨犬刚接近街角公园，突然一阵神兵天降般的轰响，只见比天光更深灰的一股浊流从公园外的马路对面奔腾而来。我当时腿软，几乎半蹲着转身逃亡。回头再看，这个野猪群阵少说也有七八十头之众，多像是汉斯失去的王国。好在我撤开了狗链，任爱犬们自由活动，它们贪玩，此时落在我身后十几米远，否则它们肯定大呼小叫，万一激怒或惊着领头野兽，后果我可不敢设想。奇怪的是，野猪迎面撞上我，首领却突兀地一拐弯，朝公园一边树多的地带跑去。按说从数量到力量胜我无数倍的它们，不该主动避闪我呀。我想到跟野猪的每次遭遇，它们都没有显出任何攻击性，似乎是自卑的，似乎晓得人的厉害，晓得人造出的那种叫作枪的长条铁家伙的厉害。我逃出公园时，跟一个带着一条小狗的男人险些撞个满怀，他一眼看见我毫无人色的脸，问我可有事，我叫他别进公园，因为那里刚被一大群野猪占领！他掉头就走，弯子转得比我溜多了。

这让我马上思考换位：野猪的确得有个管理者，不然它们滥交滥生，最终喧宾夺主，把公园变成了它们的，马路也要以它们的行止切换红绿灯，还得了？！总有人治不了的时候。我开始跟莱瑞和女儿阿伊莎讨论，为什么非得用屠杀野猪来控制它们的数量？难道不能给它们做绝育手术吗？想想看，用麻醉枪把它们打晕，然后就地铺开无菌被单，给它们开刀结扎。阿伊莎觉得我荒诞不经，欲笑却嗔地大声叫：NO！我说：Why not？莱瑞想尽快结束这场无稽之谈，不认真地说，也是个办法，这样可以不搞定期大屠杀。我把这个创意告诉了女朋友们，她们却认真地争议起来：绝育完了的人可以消毒保洁，对于整天在土里拱食的猪们，怎么进行术后护理？怎么保证它们的伤口不感染？假如感染了，它们活着不是比一枪崩了更受罪？！得承认，她们的脑筋比我周全。

过去的这个冬天多雪，我又去了汉斯常常出没的地带，可是再也没有碰上过它。不过总有些迹象说明它还在此地盘踞：一片被折断的枯干灌木或许是它的眠床；一块被拱开的雪下，不知被挖出多少秋天落下的马栗子、榛果，那是它的冬粮。一些地面的雪完全消失了，露出由常年落叶沤成的油汪汪的沃土，就像被犁头耕翻过一样。也许是被汉斯耕翻的，它在此苦苦搜寻土里的根类食物……也许所有发现都是出于我一厢情愿；起码我情愿相信汉斯还活着。也许汉斯已经死了，那又怎样，总会有别的巨型野猪王被斩断天伦，被驱出王土，被制造成新的绝户头，于是成为另一个汉斯。汉斯（抑或鲍勃）是宿命的，是森林的宿命，是人兽共存的宿命。

又是春天了。在我书写汉斯的时候，窗外的草地绿了，郁金香打苞了。不知这个春天是否还能一会汉斯。汉斯在我的记忆和写作中，一定比它本身要大，大得多，正如福克纳的《熊》，魔幻一般的庞大。那只熊是人永远不可征服的荒原之魂，是荒原的幽灵，荒原的象征。我们这座由战争垃圾和牺牲者尸骨堆起的无名山，以及与之相连的城中森林也不会穷尽汉斯。在我和汉斯的相互搜寻和相互闪避间，汉斯成了印象，成了森林的幽灵。对于主宰这个主题，有汉斯在，对于我们人类永远是控诉，也是提醒。

◆ 它身量巨大，站得一动不动，大长脸下部，嘴巴沾着泥土，龇出的两根獠牙，一根长，一根短。

黑影

穗子的动物园

我直到现在还会梦见那回字形院子。院子之所以呈回字形，很简单，因为一座房在中央，院墙几乎等距离地给房四周留出了空地。我记得黑影来到这个院落的时候，这家人房檐下吊的腊肉、腌猪头、咸板鸭都只剩了一根根油腻的绳子，结了油腻腻的灰垢，空空地垂荡。

穗子在一个四月的早晨站在这些肥腻灰垢的绳子下刷牙。她不知道再过几分钟黑影就要到来，给她带来一个创伤性的有关童年的故事。在黑影到来前，我们还有时间来看看这个叫穗子的女孩的处境：穗子的父亲在半年前被停发了薪水，她给母亲送到外公家来混些好饭，长些个头。穗子在半年里吃的米饭都是铺垫在腌肉腌鸭下蒸熟的。她吃到最后一个鸭头的时候，有了个重大发现：如果把骨头嚼烂，那里面会出来一股极妙的鲜美。

现在黑影还有几十秒钟就要出场。穗子仰起脖子，咕噜咕噜地涮着喉咙深处，把她昨天晚上从鸭头骨髓中提炼的绝妙鲜美彻底涤荡掉了。她低下头把嘴里的水吐进阳沟。她从来想不通为什么外公把别人叫作“阴沟”的沟称为“阳沟”。就在她玩味“阴沟阳沟”时，一小团黑东西落在了沟底。穗子见了鬼一样尖声叫起来。

外公跑出来，看着那团动弹不已的黑玩意在穗子吐的白牙膏沫里。外公说：“我日他奶奶，还不跌死？！”他蹲下来，浑身骨节嚼豆一样地响。然后穗子一步一步走近，看到外公手里拎了一只全身漆黑的小猫。

多年后穗子认为她其实看见了幽灵似的黑影在屋檐破洞口一脚踩失的刹那，同时是一声阴曹地府的长啸，四寸长的黑影在屋檐和阳沟之间打了个垂直的黑闪。

外公拎着凶恶的黑猫崽，胳膊尽量伸长，好躲它远些。他伸出左臂，样子像要护住穗子，或阻止穗子近前。外公告诉穗子，这是一只名贵的野猫，至少八代以上没跟家猫有染过。

“你看它的爪子，根根指甲都是小镰刀，给你一下就是五道血槽子。”外公拎着四只爪子伸向四面八方的野猫崽，同穗子都没了主意，都不知道该拿它怎么办。穗子刚刚想说：把它扔回沟里去吧。但她突然看见了它那双琥珀眼睛，纯粹的琥珀，美丽而冷傲。她说：“它是我的猫。”

外公很愁地看着这小野物黑螃蟹一样张牙舞爪，说：“起码再养它八代，才能把它养成一只猫；看它野的——是只小兽。”

外公说是这样说，已进屋找出条麻绳，让穗子按他的指导打个活结。他右手使劲掐紧猫后颈的皮，扯得那张嘴露出嫩红的牙床，上面的牙齿刚刚萌出，细小如食肉的鱼类。外公抽个冷子抓住它两只狂舞的前爪，叫穗子赶紧把绳子的活结套在它一只后爪上。小野猫叫出了真正的野兽嗓门。穗子没有听过狼嗥，她想那也不会比这叫声更荒野、更凄烈。

穗子将麻绳的一头系在八仙桌腿上。八仙桌上有个瓷罗汉，那天傍晚被这只小野猫弄砸了。它一刻不停地向各个方向挣扎，终于拖着八仙桌移动了半尺远，罗汉就是那时分倾倒，滚落到地上的。

外公说："扔出去扔出去，这么野的东西谁喂得熟？"他躲着小野猫，去捡罗汉的碎瓷片。穗子知道外公不会违拗她，真的把它扔出去。

晚饭前，外公在垃圾箱里找到一些鱼内脏。他用张报纸把鱼内脏兜回来，用水冲洗干净，放在罐头盒里煮。他把拌了鱼内脏的粥搁到小野猫面前，它却看也不看，直着喉咙、闭着眼，一声接一声地嗥。第三天晚上，它嗥得只剩一口气了，那盆鱼内脏粥仍是不曾动过。外公食指点着它说："日你奶奶，明天早上我耳根子就清静了——看你能嗥过今晚不。"

穗子知道外公是嘴上硬，心里和她一样为这样绝不变节的一只幼兽感动。半夜时分，她悄悄跑到它跟前。它愣了一瞬，两个瑰宝大眼黄澄澄地瞪着她。它看出她是人类中幼小脆弱的一员，野性也尚未退尽，尚未完全给那混账人类驯化。它见她渐渐降低自己，变成与它同一地平线。她的脸正对着它的：她的四个爪子趴的姿态也与它相仿。它不再叫了。就这样朝着她叫有些令它难为情。它弓着后背，开始一步步后退，退到桌下的阴影里。她不再看得清它，只看见黑暗中有团更浓的黑暗，上端一对闪光的琥珀。

她取来一把剪刀，剪断了拴它的麻绳。然后她关紧所有的窗，退出了它的屋。第二天早晨天刚亮，她听到它的屋有了种奇特的宁静。她走过去，如同揭一块伤口上敷的绷带那样一点点推开门。小野猫不见了。碟子里的粥也消失了。所有的窗纸被撕得一条一缕。

外公跌着足说：“你怎么能把绳子给它剪了呢？那它还不跑？！”

穗子想，它怎么可能跑呢？这屋明明森严壁垒。

她开始挪所有的桌、椅、柜子。挪不动的，她便用扫帚柄去捅，每个缝隙，再窄，她都要从一头捅到另一头。

外公说："它是活的，又那么野，你这样捅它，它早蹿出来了！"

穗子想，难道它就化在黑暗里了？她浑身沾满绒毛般的尘垢，鼻子完全是黑的。她就那样四爪着地，眼睛瞪着大床下所有旧纸箱木箱之间陈年累积的黑暗。

她唤道："黑影、黑影！"

外公问："谁个是黑影？"

她没心情来搭理外公，只是伸出右手，搔动污黑的手指。她说："我知道你就在这里头。"穗子不知凭了什么认为小黑猫崽有种高贵的品性，不会偷偷饱餐一顿，抹嘴就跑的。

第五个夜晚，穗子在外婆的床上睡了。外婆去世后，那张床往往用来晾萝卜干——天一阴外公就把院子里挂的一串串萝卜干收回来，铺在外婆的大床上。这夜穗子躺在幽远的外婆的气息和亲近的萝卜干气息里，扛着越来越重的睡眠。这时，她听见床下的黑暗苏醒了。

月光从褴褛的窗纸间进入这屋。穗子听见很远的地方，一个猫在哭喊。床下的动静大了起来，随后，那个小小的野兽走到月光里。它坐下来，微仰起脸，远处那个猫哭喊一声，它两个耳尖便微微一颤。

穗子下巴枕在两个手背上，看它一步一步走到门边，伸出两个前爪，扒了几下门。它动作没有多大力气，因为它心里没怀多大希望。穗子明白了，它前几个夜晚是怎样度过的：它在母亲叫喊它时拼命地回应。它不知道母亲不可能听见它那早已破碎的喉咙。第四夜，它发现自己被松了绑，对那个开释它的人类幼崽的感激使它险些变节。但它毕竟没辜负它的纯粹血统，开始往每一个窗子上蹿。它错误地估计了这种叫作玻璃的物质之牢固程度。它在蹿到奄奄一息时，绝望已趋彻底。

此刻它衰弱地走动着，想看看这座牢笼有多大。穗子气都不出地看着它。它可真黑，相比之下夜色的黑就浅多了，远不如它黑得绝对。它缓缓地踱来踱去，以动物园老虎的无奈步伐和冷傲态度。它不知道自己在穗子的观察中活动，因此它自在至极：伸出前爪刨了刨地上一个花生，发现这事能解些闷，便左一下右一下地攻击起花生来。穗子从没见过比它动作更矫健的活物，它细长的身体和四肢轻盈得简直就是个影子。

穗子想，是时候了。她轻轻地起身，下床。黑影向后一闪，盯着这个人类幼崽，看她想干什么。她一步一步向它走去，把自己作为它的猎物那样，浑身都是放弃。在她离它只有两步时，它唰地一下弓起了背，四寸长的身躯形成一个完好的拱门。尾巴的毛全奓起来。六岁半的穗子第一次明白什么叫作敌意。这袖珍猛兽真的要猎获她似的咧开嘴。

穗子一动也不动。让它相信她做它猎物的甘愿。

它想，她再敢动一动，它就蹿起来给她两爪子，能把她撕成什么样就撕成什么样。但它身体的弦慢慢松了些，因为它看出来她是做好了打算给它撕的。

穗子看它脊梁的拱形塌了下去，尾巴也细了不少。然后它转开脸，向旁边的椅子一跃，又向桌子一跃，最后在大床的架子上站住了。这时它便和穗子的高度相差不多了。

穗子觉得它刚才的三级跳高不属于一只猫的动作，而属于鸟类，只是那对翅膀是不可视的。她想，拿曾见过的所有的猫和它相比，都只能算业余猫。她在碗柜里找到两块玉米面掺白面做成的馒头，然后把它揪成小块放在盘子里。她并不唤它来吃，只把盘子搁在地上，便上床睡去了。早晨起来，盘子干净得像洗过一样。

第二个月黑影偶尔会露露面了。太阳好的时候，它会在有太阳的窗台上打个盹。但只要穗子有进一步的亲和态度，它立刻会拱背收腹，两眼凶光，咧开嘴“呵”的一声。它不讨好谁，也不需要谁讨好它。

外公觉得黑影靠不住，只要野猫来勾引它，它一定会再次落草。虽然它才只有两个月的年龄，在窗台上看外面树枝上落的麻雀时，琥珀大眼里已充满嗜血的欲望。它对外公辛辛苦苦从垃圾箱里翻拣出来的鱼杂碎越来越没胃口，时常只凑上去闻闻，然后鄙夷地用鼻子对那腥臭烘烘的玩意啐一下，便懒洋洋钻到床下去了。

外公说：“日你奶奶的，我还没有荤腥吃呢。”

黑影一般在饿得两眼发黑，连一个乒乓球都拨拉不动的时候才会去吃那污糟糟的鱼肚杂。因为黑影的活动范围主要在床下各个夹缝里，所以不久穗子就发现许多东西失而复得：外婆曾经织毛衣丢失的毛线团子，穗子三岁时拍过的两个花皮球，四岁时踢的一串彩色纽扣，五岁时玩的一个胶皮娃娃和玻璃弹珠，都被黑影一一从历史中发掘出来。黑影基本上停止吃外公为它烹饪的猫饲料是在三个月后；它开始自食其力捉老鼠吃。有次它竟猎获了一只不比它小多少的鼠王。

外公说："好家伙，这下人家要过猫年了，等于宰了一口猪！"

这次出猎黑影不是毫无代价，大老鼠给了它一记垂死的反咬，黑影肩部挂了彩。

开始外公和穗子都以为那是老鼠的血。几天过后，黑影打盹时，两只绿头苍蝇在它身上起落，外公才发现那伤口。外公想难怪它这两天瞌睡多，原来是伤口感染的缘故。他抓住黑影四只爪子，让穗子往那伤口上涂碘酒。穗子心里发毛，因为那咬伤很深，原本没什么膘的黑影，骨头也白森森地露了出来。外公叫穗子把药往深处上，说老鼠的牙又尖又毒。而穗子手里的棉签刚碰到创面，黑影一个打挺，同时在紧抓它四肢的外公手上咬了一口。

外公一下子把它抛出去，疼得又老了十岁似的，人也缩了些块头。他对着黑影消失的大床下面吼着：“去死去，小野东西，亏得你只有这点大，不然你还不吃了我？！”

外公便拿了碘酒来涂自己的手。

穗子问：“黑影会死吗？”

外公说：“明天一定死——现在它就在发高烧，刚才我抓着它，它浑身抖。”

穗子问外公青霉素可不可以救黑影。外公说哪家医院吃饱了撑的，给一只小野猫打青霉素。穗子支吾地说：上回她得重伤风，医生开了六支青霉素给她，她实在怕疼，打到第四针就没再打下去。所以医院注射处还欠着她两针青霉素的账。外公一向就知道穗子属于一肚子鬼的那种孩子，主意常常大得吓人。他这时却顾不上责骂她。一条猫命就要没了。他说：“那也不行啊——你得在注射处打掉那两针才行，他们不会准许你把药取出来的。”

穗子心想，活这样一把岁数真是白活了。她指导外公：“你告诉打针的护士阿姨，说我不愿意走那么远，就把药拿到附近的门诊部打，不就行了？”

外公依照穗子的谎言，果然骗取了护士的信任，把两支青霉素弄到了手。他又去医疗器具部买了注射器和针管。回到家牢骚冲天，说一只小野猫花掉了他和穗子一星期的伙食预算。他做好了注射准备，就叫穗子去对床下喊话。穗子软硬兼施，赌咒许愿都来了，黑影半点心也不动。

等外公把大床移开，黑影除了一对眼睛还活着之外，大致是死了。外公这回当心了，先给它四个爪子来了个五花大绑，再用橡皮筋箍住它的嘴。然后外公把八分之一管的青霉素打进它皮包骨头的屁股。

黑影果真没死，第三针打下去，它又开始凶相毕露，虽是抓不得咬不得，它却用琥珀大眼狠狠白了外公一眼。外公不同它一般见识，用四条一样长的活鱼煨了锅奶一样白的汤，香味弄得穗子腿都软了。鱼是外公和穗子钓来的。离外公家四里路的地方有口塘，但戳着一块“不准钓鱼”的木牌。外公和穗子夜里潜越过木牌，天亮时让露水泡得很透，但毕竟钓到四条一两多重的鱼。

外公说穗子可以同黑影分享四条小鱼和鱼汤。穗子说她宁愿让黑影多吃两天特殊伙食。外公不高兴穗子娇惯黑影超过自己娇惯穗子，他说：“谁个稀罕这些毛毛鱼？前些年猫都不稀罕！”

穗子态度强硬，对外公说：“谁个稀罕这么小的鱼？全是刺！连余老头都不稀罕！”余老头是个无赖汉，又酗酒，但他曾经写过几首诗，所以酒钱还是有的。余老头是大家的一个宽心丸，心里再愁，看看天天过末日的余老头，人们会松口气地想，愁什么呢？余老头顿顿在食堂赊饭吃都不愁。于是余老头就成了人们的一种终极境界，一个最坏的因而也是最好的对比参照。

外公不再劝穗子。在这一带的街坊中一旦谁端出余老头，别人就没话了。

黑影看着外公骂骂咧咧地将一个豁了边的搪瓷小盆子啪的一声搁在地板上。黑影一对美人儿大眼冷艳地瞅

◆ 它可真黑，相比之下夜色的黑就浅多了，远不如它黑得绝对。穗子从没见过比它动作更矫健的活物，它细长的身体和四肢轻盈得简直就是个影子。

了他一眼。它一点都不想掩饰它对他的不信赖。一切老了的生物都不可信赖。它看他慢慢直起身，骨节子如同老木头干得炸裂一般噼噼啪啪，响得它心烦。

一缕丝线的鲜美气味从它的口腔一下子钻入脑子，然后游向它不足六寸长的全身。

穗子和外公坐在小板凳上吃粥。本来吃得稀里呼噜地响，这一刻全静了，嘴挨了烫那样半张开。他们不约而同地对视一眼，又去看吃得不时痉挛的小黑野猫。两人都无声地眉飞色舞。这是它头一次给他们面子，当他们的面吃饭。

黑影恰在这时抬起眼，看见穗子的眼睛有些异样。它不懂人类有掉眼泪的毛病。它只感到力气温热地从胸口向周身扩散。

穗子说："外公，它不会死了吧？"

外公说："倒了八辈子霉——这小东西是个大肚汉哪！一顿能吃一两粮呢！"

八月份的一天夜里，穗子热得睡眠成一小截一小截的。蒙眬中她觉得她听见各种音色的猫嗥。一共有七八只猫同时在嗥。她使劲想让自己爬起来，到院子里去看看怎么回事，但在她爬起来之前，一阵瞌睡猛涌上来，又把她卷走，她觉得猫不是在一个方向嗥，而是从后院的桑树上，东院的丝瓜架上，西院的杨树上同时朝这房内嗥。她迷迷糊糊纳闷，院墙上栽了那么多那么密那么尖利的玻璃桩子，猫不是肉做的吗？

快到天亮时，穗子终于爬起来，钻出蚊帐。她往后窗上一看，傻了，墙头上站的坐的都是猫。她想不通猫怎么想到在这个夜晚来招引黑影；它们怎么隔了这么久还没忘记它。这个野猫家族真大，穗子觉得它们可以踩平这房子。外公也起来了，说他从来不知道野猫会有这种奇怪行为，会倾巢出动地找一个走失的猫崽。

在灰色晨光中，每一只猫都是一个黑影，细瘦的腰身，纤长柔韧的腿，它们轻盈得全不拿那些插在墙上的碎玻璃当回事。它们纯黑的皮毛闪着珍贵和华丽。外公是对的，它们祖祖辈辈野性的血没掺过一滴杂质，它们靠着群体的意志抵御人类的引诱，抵抗人类与它们讲和，以及分化瓦解它们的一次次尝试。

穗子和外公都明白，这次他们再也挽留不住黑影。换了穗子，在这样的集体招魂歌唱中，也只能回归。这样撕心裂肺的集体呼喊，让穗子紧紧捂住耳朵，浑身汗毛倒竖。她见外公打开了门，对她做了个“快回去睡觉”的手势，他觉得这样闹猫灾可不是好事，索性放黑影归山。

一连几天，外公都在嘲笑自己，居然忘记了“本性难移”这句老话，企图去笼络一只小野兽，结果呢，险些引狼入室。

穗子把黑影吃饭用的搪瓷盆和养伤睡的毛巾洗干净，收了起来。外公说：“还留着它们干什么？扔出去！它还会回来？”穗子不吱声。她有时懒得跟他讲自己的道理。她常常一耷拉眼皮：你爱说什么就说什么。她懒得同成年人一般见识，他们常常愚蠢而自以为是。

十月后的一天夜里，桑树叶被细雨打出毛茸茸的声响。穗子莫名其妙地醒来（她是个无缘无故操许多心，担许多忧，因而睡觉不踏实的女孩）。她睁大两个眼，等着某件大事发生似的气也屏住。呱啦嗒、呱啦嗒、呱啦嗒，远远地有脚步在屋顶瓦片上走，然后是一声重些的“呱啦嗒”。穗子判断，那是四只脚爪在飞越房顶与房顶之间的天险。再有两座房，就要到我头顶上的屋顶了，穗子想。果然，脚步一个腾飞，落在她鼻梁上方的屋顶上，然后那脚步变得不再稳，不再均，是挣扎的，趔趄的，像余老头喝多了酒。穗子一点点坐起，听那脚步中有金属、木头的声音。她还似乎听出了血淋淋的一步一拖。

她听见它带着剧痛从屋檐上跳下来，金属、木头一块儿砸在院子的砖地上。

穗子打开门，不是看见，而是感觉到了它。

黑影看着她，看着她细细的四肢软了一下。它看她向它走来。还要再走近些，再多些亮光，她才能看见它发生了什么事。它不知自己是不是专程来向她永别，还是来向她求救。它感到剧烈的疼痛使尾巴变得铁硬。还有一步，她就要走到它面前，看见它究竟是怎么了。

我直到今天还清楚记得穗子当时的样子。她看着黑猫的一只前爪被夹在一个跟它体重差不多的捕鼠器里，两根足趾已基本断掉，只靠两根极细的筋络牵连在那只爪子上。她觉得胃里一阵蠕动，不到九岁的她头一次看到如此恐怖的伤。我想她一定是“面色惨白”。

黑影起初还能站立，很快就瘫了下去。它不知道它拖着一斤多重的捕鼠器跑了五里路。也许更远。穗子想，谁把捕鼠器做得这样笨重呢？一块半寸厚的木板，上面机关零件大得或许可以活逮一个人。食物严重短缺的年头人们把捕鼠器做得这样夸张的大，或许是为了能解恨出气，是为了虚张声势。

穗子叫醒外公。外公手里还拿着夏天的芭蕉扇。他围着痛得缩作一团的黑影打了一转说：“好，光荣，这下做了国家一级残废，每月有优待的半斤肉。”他找来一把剪子，在火上烧了烧刃，对黑影说：“你以为出去做强盗自在、快活？——现在还去飞檐走壁去啊，飞一个我瞧瞧！”他说着蹲下来，在穗子龇牙咧嘴紧闭上眼的刹那，剪断了黑影藕断丝连的两根足趾。

黑影这回伤愈后变得温存了些。有时穗子抚摸它的头顶，它竟然梗着脖颈，等她把这套亲昵动作做完。除非她亲昵过了火，它才会不耐烦地从她手掌下钻开。它尽量放慢动作，不让她觉得自作多情。它不明白穗子多么希望有人以同样的方式摸摸她的头。它哪里会知道这个小女孩多需要伴儿，需要玩具和朋友。没人要做穗子的朋友，因为她有个罪名是“反动文人”的爸爸。

穗子当然也不完全了解黑影的生活。她大致明白黑影过的是两种日子，白天在她和外公这里打盹、吃两顿鱼肚杂，养足了精神晚上好去过另一种日子。它的第二种日子具体是怎样的，穗子无法得知，她想象那一定是种辽阔的生活。她想象从黑影稍稍歇息的某座房顶俯瞰，千万个人的巢穴起伏跌宕，显得十分阔大浩渺。它的另一种日子一定丰富而充满凶险。她并不清楚黑影已被它的家庭逐出，因为它已变节，做了人类的宠物。

春节前穗子收到妈妈的信，说爸爸有四天假期，将从“劳动改造”的采石场回来。然而春节的肉类供应在一个多月前就结束了。每家两斤猪肉已经早早成了穗子双颊上的残红和头发的润泽。外公每天割下一小块肉给穗子炖一小锅汤。到了第二个礼拜，穗子吃出肉有股可疑的气味。外公只得从那时开始和穗子分享气味复杂的肉。因而在穗子大喜过望地把母亲的信念给外公听时，外公说：“好了，这个年大家喝西北风过吧。”

外公花了二十元钱买到冰冻的高价肉。但第二天报上出现了公告，说那种高价肉十年前就储进冷库，但因为储错了地方一直被忘却，直到这个春节才被发掘。报纸说尽管这些肉绝对毒不死人，但还是请大家到肉食公司去排队，把肉退掉。大年三十的前一天，外公花了八个小时去退比穗子年龄还大的猪肉，骂骂咧咧领回二十元钱。

这天夜里，房顶上的瓦又从半里路外开始作响。这次响声很闷，很笨。穗子瞪着黑暗的天花板，觉得在那响动中它如同薄冰似的随时要炸裂。

穗子心跳得很猛。

那响动朝屋檐去了。扑通一声，响动坠落下来。穗子朝窗外一看，见一只美丽的黑猫站在冰冷的月亮中。她把门打开。黑猫向她转过脸。它的身体与头的比例和一般的猫不同，它的面孔显得要小一些，因而它看去像一只按比例缩小的黑豹。穗子想，黑影成年后会有这样高雅美丽吗？她不敢想，这就是豆蔻年华的黑影。

它朝她走过来。走到她腿前，下巴一偏，面颊蹭在她白棉布睡裤裤腿上，蹭着她赤裸的脚踝。它蹭一下，便抬头看她一眼。但当她刚有要抚摸它的意图，它一缕黑光似的射出去。完全是个野东西。穗子心里一阵空落：这不是她的黑影。

黑猫却又试试探探向她走回。它的黑色影子在月光里拉得很长。穗子觉得这是她见过的最美的一只猫。因为它不属于她，它便美得令她绝望；它那无比自在、永不从属的样儿使它比它本身更美。

我想，在穗子此后的余生中，她都会记住那个感觉。她和美丽的黑猫相顾无言的感觉，那样的相顾无言。这感觉在世故起来的人那儿是不存在的，只能发生于那种尚未彻底认识与接受自己的生命类属，因而与其他生命有同样天真蒙昧的心灵。

这时她发现黑猫的坐姿很逗：身体重心略偏向左边，右爪虚虚地搭在左爪上。她蹲下来，借着月光看清了它右爪上的残缺被这坐姿很好地瞒住。她同它相认了。她看着它，猜想黑影或许从来没有离开过这座房院，至少是没走得太远。它或许一直在暗中和她做伴。

这时外公披着棉衣出来，一面问："屋顶上掉了个什么东西下来，吓死人的！"他一眼看见的不是猫，而是猫旁边的东西。他直奔那东西而去，裤腰带上一大串钥匙和他身上的骨节子一块作响，如同组装得略有误差的一台机器一下子投入急速运转。

外公用脚踢踢那东西，然后小心地蹲下去："不得了了，这猫是个土匪，杀人越货去了！你看看它把什么盗回来了！"他将那东西搬起，鼻子凑上去嗅嗅，然后转向穗子："这下能过年了。"穗子看清那是一整条金华火腿。他抱着火腿往屋里走，拉亮了灯，凑到灯光里，眼睛急促地打量这笔不义之财。他自己跟自己说："足有十来斤，恐怕还不止。你说你了得不了得？！"

穗子见黑影在门槛上犹豫，她便给了它一个细微的邀请手势。它慢慢地走过来，后腿一屈，跳上了八仙桌。它在桌上巡察一番，不时回过脸看一眼狂喜的外公。它两眼半眯，窄窄的琥珀目光投到他眉飞色舞的脸上。它表情是轻蔑的，认为这位人类的苍老成员没什么出息。

然后它在桌子中央一趴，确立了它的领土主权。

穗子确信黑影从来没有真正离开过她。它那么自在，那么漫不经意，证明它与她的熟识一直在暗中发展；它对她的生活，始终在暗中参与。

外公说：“下回可不敢了，啊？给人家逮住，人家会要你小命的，晓得吧？”他一根食指点着黑影。黑影却不去理他，修长地侧卧，肚皮均细地一起一伏，已经睡得很深。

到火腿吃得仅剩骨头时，黑影产下了一只三色猫崽。外公说这种“火烧棉花絮”的猫十分名贵。穗子却心存遗憾，觉得黑影果真被它的家族永远驱逐了出来。外公还告诉穗子，根据“一龙、二虎、三猫、四鼠”的道理，三色猫崽又有另一层的贵重：它是独生子，因而便是“龙”种。他说：一窝猫崽是三只，还能算猫；四只，就是鼠了，不值钱了，连耗子都不怕它了。

黑影在猫崽落生后的第二天就出门了。它总是在猫崽四面八方扭转着面孔叫唤时突然从门外蹿回来。黑影的乳汁很旺，猫崽一天一个尺寸。

黑影的外出又有了收获，一串风干板栗被它拖了回来。

外公这次拉长面孔，朝黑影扬起一个巴掌说：“还敢哪你？！再偷让人逮住你，非剥你皮不行！”外公的那个巴掌落在八仙桌上，黑影睁一只眼看看这个虚张声势的老人。外公说：“一共就剩八个手指头了，你还嫌多！再偷人家不揍你，我都要揍你！看我揍不死你！”他的巴掌再次扬了扬，黑影不再睁眼，它觉得这老人自己活得无趣也不许其他人有趣。外公见黑影不理他，只得走开，把栗子放到水里洗了洗，打算每天给穗子吃五个，如果她表现得好，每天便可以有十个栗子。

猫崽七天生日时，黑影没有按时回家。猫崽支起软绵绵的脖子，哭喊得一张小脸就只剩了粉红的一张嘴。第二天早晨，穗子看见一只大致是猫的东西出现在猫崽窝里。它浑身的毛被火钳烫焦了，并留下了一沟一桩的烙伤。伤得最重的地方是它的嘴，里外都被烫烂，使穗子意识到，饥荒年头的人们十分凶猛，他们以牙还牙地同其他兽类平等地争夺食物，在他们眼中，黑影只是一只罪恶的、下贱的偷嘴野猫，一次次躲过他们的捕捉，以偷嘴的一个个成功赢了他们。他们终于捉住它时，一切刑具都是现成的，他们号着：“烧它的嘴烧它的嘴！”

外公和穗子一声不响地看着猫崽在完全走样的母亲怀里拱着，咂着一个个不再饱满的乳头。他们知道猫崽很快会放弃所有乳头，啼哭叫喊，抗议它的母亲拿空瘪的乳头让它上当。

穗子求外公给黑影上药，外公默默地照办了。穗子又求外公给黑影喂食，外公也没有斥她说：“有屁的用！”他叫她把黑影抱到亮处，他用勺柄将一点稀粥送到它嘴里。每次它一个战栗，粥随着就从它嘴角流出来。它睁开琥珀大眼，看一下外公和穗子。到了第三天黄昏，黑影身上出现了第一批蛆虫。

外公疯了似的到处找牛奶。他发现一户人家门口总放着一个空奶瓶，等着送牛奶的工人将它取走，再换上一瓶新鲜的牛奶。外公知道这户人家有小毛头。他自然不去动整瓶的牛奶，只把空奶瓶悄悄拿到水龙头上，冲一点水进去，把奶瓶壁上挂的白蒙蒙一层奶液细细涮下来，倒进一个眼药水瓶子。这样的哺乳持续了一个礼拜，猫崽早已没了声音，毛色也暗淡下来。外公对穗子说：你去找另外一户有小毛头的人家。

穗子把鞋也走歪了，终于找到了一个牛奶站。站门口停着两辆三轮车，上面满是空奶瓶子。两个送奶工人正在聊天，一会儿一阵响亮的大笑。穗子胆怯地走上前去，问她可不可以借两个空奶瓶去用用。两个人中的一个说：“你要空奶瓶干什么？”

不知为什么穗子开不了口。她觉得正是这样的人烫伤了黑影。她瞥一眼他们黄黄的牙齿和粗大的手指，进一步确定，正是他们这类人害死了黑影。

她拖着两个歪斜的鞋子走开了。

我这么多年来时而想到，如果穗子硬着头皮向两个粗大的送奶工人张了口，讨到了允许，从空牛奶瓶里涮出些稀薄的奶液，那只三色猫崽是否会活下来？它们若活下来，穗子的童年是否会减少些悲怆色彩？

穗子的动物园

爱犬颗韧

颗韧脸上头次出现人的表情，是在它看它兄姊死的时候。那时颗韧刚断奶，学会了抖毛，四只脚行走也秩序起来。

它被拴着，还没轮着它死。它使劲仰头看我们；它那样仰头说明我们非常高大。我们这些穿草绿军服的男女，它不知道我们叫兵。它就是把头仰成那样也看不清我们这些兵的体积和尺度。它只看到我们的手掐住它兄姊的头，一拧。然后它看见它狗家族的所有成员都在树上吊得细长，还看我们从那些狗的形骸中取出粉红色的小肉体，同时听见这些兵发出人类的狂吠："小周个龟儿，剥狗皮比脱袜子还快当！"

"烧火烧火，哪个去烧火？"

"哪个去杵蒜？多杵点儿！"

颗韧这一月狗龄的狗娃不懂我们的吠叫，只一个劲仰头看我们。它看我们庞大如山，渐渐遮没了它头顶一小片天。在这时，它的脸复杂起来，像人了。

我们中没一个人再动，就这样团团围住它。它喘得很快，尾巴细碎地发抖。它眼睛从这人脸上到那人脸上，想记住我们中最狰狞的一个脸谱。谁说了："这个狗太小！"

这大概是把它一直留到最后来宰的原因。

它越喘越快，喘跟抖变成了一个节奏。它不晓得我们这些刽子手偶尔也会温情。

"留下它吧。"谁说。

"它怪招人疼的。"谁又说。

谁开始用"可爱"这词。谁去触碰它抖个不停的小尾巴。它把尾巴轻轻夹进后腿，伤心而不信任地朝那只手眨一下眼。

谁终于去解它脖颈上的绳子了。它腼腆地伸舌头在那只放生的手上舔一下；明白这样做是被允许的，它才热情殷切地舔起来，舔得那手不舍得也不忍心抽回来了。

第二天我们结束了演出，从山顶雷达站开拔，谁的皮帽子里卧着颗韧。打鼓的小周说："就叫它颗韧。"都同意。那是藏民叫"爷儿们"的意思。颗韧一来是男狗，二来是藏族。颗韧也认为这名字不错，头回叫它，它就立刻支起四肢，胸脯挺得凸凸的。

我们的两辆行军车从山顶转回，又路过山腰养路道班时，一条老母狗冲出来，拦在路上对着我们呼天抢地。它当然认得我们；它又哭又闹地在向我们讨回它的六个儿女。昨天我们路过这里，道班班长请我们把一窝狗娃带给雷达站。雷达站却说他们自己粮还不够吃，哪里有喂狗的。小周说："还不省事？把它们吃了！"进藏让脱水菜、罐头肉伤透胃口的我们，一听有活肉吃，都青面獠牙地笑了。

颗韧这时候从皮帽里拱出来，不是叫，而是啼哭那样呜了一声。它一呜，老狗便听懂了它：那五个狗娃怎样被杀死，被吊着剥皮，被架在柴上嘟嘟地炖，再被我们用树枝削成的筷子杵进嘴里，化在肚子。颗韧就这样呜呜，把我们对它兄姊所干的都告发给了老狗。

老狗要我们偿命了。灰的山雾中，它眼由黑变绿，再变红。谁说："快捂住小的！不然老的小的对着叫，道班人一会儿就给叫出来了！"

颗韧的头给捺进帽子里。捺它的那只手很快湿了，才晓得狗也有泪。

老狗原地站着，身子撑得像个小城门。它是藏狗里头顶好的种，有匹鹿那么高，凸额阔嘴，一抬前爪能拍死一只野兔；它的毛轻轻打旋儿，尾巴沉得摆不动一样。

车拿油门轰它走，它四条腿戳进地似的不动。要在往常准有人叫："开嘛！碾死活该！"这时一车人都为难坏了：不论怎样颗韧跟我们已有交情；看在它面上，我们不能对它妈把事做绝。

颗韧的哽咽被捂没了，只有嗤嗤声，像它被委屈憋得漏了气。老狗渐渐向车靠拢，呼天抢地也没了，出来一种低声下气的哼哼，一面向我们屈尊地摇起它豪华的尾巴。它仍听得见颗韧，那嗤嗤声让它低了姿态。等老狗接近车厢一侧，司机把车晃过它，很快便顺下坡溜了。车拖着一大团尘烟，那里面始终有条疯跑的老狗，从黑色跑成灰色。它没追到底，一辆从急弯里闪出的吉普车压扁了它。

颗韧恰在这一刻挣脱了那只手，从皮帽子里蹿出来。它看到的是老狗和路面差不多平坦的身体。它还看到老狗没死的脸和尾巴，从扁平的、死去的身子两端翘起，颤巍巍、颤巍巍地目送颗韧随我们的车消失在路根子上。

颗韧就那样呆傻地朝它妈看着。其实它什么都看不见了：车已出了山。

颗韧这下谁也没了，除了我们。它知道这点，当我们唤它、喂它，它脸上会出现孤儿特有的夸张的感恩。

它也懂得了穿清一色草绿的，叫兵的人，他们比不穿草绿的人们更要勇猛、凶残，更要难惹。兵身上挎的那件铁家伙叫枪，颗韧亲眼看见了它怎样让一只小獐子脑壳四迸。颗韧目瞪口呆地看着那只瞬间就没了命的生灵，良久，才缓缓转头，去认识那黑森森的枪口。

颗韧同时也明白我们这群叫作兵的恶棍是疼爱它的，尽管这爱并不温存。这爱往往是随着粗鲁加剧的。它不在乎“狗日的颗韧”这称呼，依然欢快地跑来，眼睛十分专注。我们中总有几个人爱恶作剧：用脚将它一身波波的毛倒撸，它一点不抗议，独自走开，再把毛抖顺。有几个女兵喜欢把手指头给它咬，咬疼了，就在它屁股上狠打一巴掌。

两个月后，颗韧再不那样呜呜了，除了夜里要出门解溲。有次我们睡死过去，它一个也呜呜不醒，只好在门拐子里方便了。清早谁踩了一鞋，就叫喊：“非打死你，颗韧！屙一地！”

它听着，脑袋偏一下，并不完全明白。但它马上被提了过去，鼻子尖被捺在排泄物上：“还屙不屙了？还屙不屙了？”问一句，它脑门上挨一掴子。起先它在巴掌扇下来时忙一眨眼，挨了四五下之后，它便把眼睛闭得死死的。它受不住这种羞辱性的惩罚。放了它，它臊得一整天不见影。从此怎样哄，它也不进屋睡了。十月底，雪下到二尺厚，小周怕颗韧冻死，硬拖它进屋，它再次呜地呐喊起来。小周被它的倔强和自尊弄得又气又笑，说：“这小狗日的气性好大！”那夜，气温降到了零下三十度，早起见雪地上满是颗韧的梅花瓣足迹：它一夜都在跑着取暖，或是找地方避风。

四个月大的颗韧是黄褐色的，背上褐些，肚下黄些。跟了我们三个月，它知道了好多事：比如用绳子把大小布片挂起，在布片后面竖起灯架子，叫作装舞台。舞台装完，我们要往脸上抹红描黑，那叫化妆。化妆之后，我们脱掉清一色军服，换上各式各样的彩衣彩裙，再到舞台上比手画脚，疯疯癫癫朝台下的陌生人笑啊跳的，那叫作演出。演出的时候，颗韧一动不动地卧在小周的大鼓小鼓旁边，鼓一响，它耳朵随节奏一抖一抖，表示它也不在局外。它懂得了这些吵闹的，成天蹦跶不止的男兵女兵叫演出队。它还懂得自己是演出队的狗。

颗韧最懂的是“出发”。每天清早，随着一声长而凄厉的哨音，我们像一群被迫钻笼子的鸡，一个接一个拱进蒙着帆布的行军车。逢这时颗韧从不需任何人操心，它总是早早等在车下，等我们嘟哝着对于一切的仇恨与抱怨，同时飞快地在自己背囊上坐稳，它便噌地一下将两只前爪搭上第二阶车梯，同时两个后爪猛一蹬地，准确着陆在第一层梯阶上。再一眨眼，它已进了车厢，身手完全军事化，并也和我们一样有一副军事化的表情，那就是缄默和阴沉。这时它和我们一块儿等冯队长那声乌鸦叫般的“出发！”这声乌鸦叫使颗韧意识到了军旅的严酷。

过了金沙江，路给雪封没了。车一动一打滑，防滑链当啷当啷，给车戴了重镣一般。我们的行军速度是一小时七八公里，有时天黑尽还摸不到宿营的兵站。

这天我们的车爬上山顶，见一辆邮车翻在百米来深的山涧里，四轮朝天。

“司机呢？”有人问。

“找下巴颏去了。”有人答。

听到此谁呻吟一声：“嗯……哼……”

回头，见司机小郑蹲在那里，眼球跟嵌在韧烂的牛头上一样灰白灰白。我们都看着他。他又“嗯”一声，鼻涕眼泪一块儿下来了。

“头晕……”他哼着说，“开、开不得车了。”

开头一辆车的司机班长说：“装疯迷窍！”

小郑一边哭一边说：“头晕得很，开不得车。”

我们都愣着，只有颗韧跑到小郑身边，在他流泪淌鼻涕的脸上飞快地嗅着，想嗅出他的谎言。

司机班长上去踢小郑一脚，小郑就干脆给踢得在雪地上一滚。

“站起来！”班长说。

“脚软，站不起。”小郑说。

“郑怀金，老子命令你：站起来！”班长喊道。

小郑哭着说：“你命令。”他仍在地上团着。

冯队长说:“算了，这种尿都唬出来的人，你硬逼他开，他肯定给把车翻到台湾去。”

于是决定把两辆车用铁缆挂住，由司机班长开车拖着走。到一个急弯，冯队长命令大家下车，等车过了这段险路再上。全下来了，包括颗韧。

班长突然刹住车，从驾驶室出来，问:“为啥子下车？”

冯队长说:“这地方太险，万一翻下去……”

班长打断他:“死就死老子一个，是吧？”

冯队长意识到失口，脸一僵，忙说:“空车好开！”

班长冷笑:“空车？空车老子不开。要死都死，哪个命比哪个贵！”他将他那把冲锋枪杵在雪里，人撑在枪把上，俨然一个骁勇的老兵痞。

冯队长说:“不是防万一？”

“万一啥子？”

“万一翻车……”

“再讲一个翻字！”

冯队长不吱声了。他想起汽车兵忌讳的一些字眼，

“翻”是头一个。这时几个男兵看不下去，异口同声叫起来：“翻、翻、翻……”

班长眼神顿时野了，把冲锋枪一端，枪口对演出队划一划。

男兵们也不示弱，也操出长长短短几条枪，有一条是舞蹈道具。

都一动不动，只有眼睛在开火。颗韧不懂这一刻的严峻，不断在雪里扑来扑去，给雪呛得直打喷嚏。或许只有它记得，我们枪里的子弹都打空了，打到那两匹獐子、五只雪獭上去了。

冯队长这时说：“好吧，我上车。我一人上车！”

双方枪口耷拉下来。

冯队长一个鹞子翻身，上车了，对车下转过脸，烈士似的眼神在他因轻蔑而低垂的眼帘下闪烁着。

“开车！”冯队长喊。

车却怎么也发不动。踩一脚油门，它轰一下，可轰得越来越短，越没底气，最后成了呃呃呃地干咳。

天全黑下来，四野的雪发出蓝光。女兵中的谁被冻得在偷偷地哭。缺氧严重了，连颗韧也不再动，张开嘴，嘴里冒出短促急喘的白气。

偷偷哭的女兵越来越多，捂在脸上的双层口罩吸饱眼泪，马上冻得铁一样梆硬。

颗韧明白这个时刻叫作“饥寒交迫”。它曾与我们共同经历过类似的情形，但哪一次也不胜过这一刻的险恶。它跟我们一样，有十几个小时没进食了。它明白所有偷着哭的女兵是因为害怕和绝望。它还嗅出仍在急骤下降的气温有股刺鼻的腥味。它也感到恐惧，一动不动地向无生命的雪海眯起眼。这样的气温里耽两小时，就是死。

烧了两件绒衣，仍没把汽车烤活过来。司机班长用最后的体力往车身上踹一脚。他也要哭了。

冯队长问他：“咋办？”

班长说：“你说咋办就咋办。”过一会儿他又说，“离兵站还有二十公里，走路去送口信，等兵站派车来拉，肯定是拉一车死猪了！”

“那咋办？”冯队长又问。这回是问他自己。

“大家都动啊！不准不动！不然冻僵了自己都不知道！”冯队长朝我们喊，一面用手拨拉这个，推搡那个，看看是不是有站着就已经冻死的。

小周忽然说：“我看叫颗韧去吧。”

我们都静下来。

“颗韧跑到兵站只要一小时！”小周很有把握地说。

颗韧听大家讨论它，站得笔直，尾巴神经质地一下下耸动。这事只有它来做了：把信送到兵站去，让人来救我们。它那藏獒的血使它对这寒冷有天生的抵御，它祖祖辈辈守护羊群的天职给它看穿这夜色的眼。它见小周领着我们向它围过来，在冯队长一口一个“胡闹”的呵斥中，将一只女舞鞋及求救信系在它脖子上。我们围着它，被寒冷弄得龇牙咧嘴，一张张脸都带有轻微的巴结。

它觉出小周在它的屁股上拍的那一掌所含的期望。

小周对它说：“颗韧，顺这条路跑！快跑，往死里跑！”

颗韧顺下坡的公路蹿去。雪齐它的胸，它的前肢像破浪一样将雪剪开。它那神秘的遗传使它懂得向前跑，向有灯光的地方跑。它跑进蓝幽幽的雪夜深处，知道它已从我们的视野中跑没了。

颗韧得忘掉许许多多我们的劣迹才能这样拿出命来跑。它得忘掉我们把它的兄姊投进嘟嘟响的锅里，忘掉它母亲被压成扁薄一片的身体，以及从那身体两端颤颤翘起的头和尾那样惨烈的永别姿势。它必须忘了我们中的谁没轻没重地扯它的耳朵，揪它的尾巴，逼它去嗅一只巨大的半死老鼠。那老鼠高频率的吱吱叫声，那油腻的黯灰皮毛，以及它鲜红红的嘴和眼都让颗韧恶心得浑身发冷。老鼠吱吱叫时龇出的长形门齿使颗韧感到丑恶比凶悍更令它战栗。颗韧记得它怎样把屁股向后扯，将下巴往胸口藏，却仍然拗不过我们，我们已将颗韧的脸捺到老鼠鼻尖上了。颗韧的胸膛里发出沉闷的声响，这是向我们表示：它对我们的作弄受够了，它肉体深处出现了咬人嗜血的冲动。而我们却毫不懂它，一个劲欢叫："快看狗逮耗子！快看狗逮耗子！"

颗韧最需下力忘掉的是它的鼻子在腥臭的老鼠脸上

一擦而过，猛甩掉了扯紧它的手。那手几乎感到了颗韧那凶猛的撕咬。它当然不会真咬，它只以这逼真的咬噬动作来警告我们：狗毕竟是狗。狗没有义务维持理性，而人有这义务。而我们谁也不懂它那一触即发、一发就将不可收拾的反叛。我们被它反常的样子逗得乐透了，说："看来好狗是不逮耗子！"

"逮耗子的是婆娘狗，我们颗韧是狗汉子！"

"这狗日的比人还倔！"

"把耗子煮煮，搁点作料，给颗韧当饭吃，看它还倔不倔！……"

颗韧转过头，拿屁股对着我们笑歪了的脸。它觉得我们无聊空乏透顶，它这条狗就让我们啰嗦成这样。

颗韧吃力地在忘却那一切。

它跑下公路最后一道弯弯时，眼前出现几盏黄融融的灯火。那就是兵站。所有兵站的房舍几乎一模一样。最靠公路的一间小房是值班室。我们演出队的车每进一个兵站，都是从这小房跑出个戴红袖章的人来跟冯队长握手，嘴里硬邦邦地说："某某兵站值勤排长向演出队敬礼！”然后这排长会跑进兵站，小声喊：“来了一车猪啊，又要弄吃的啊！”

颗韧叫几声，没人应，大门紧闭着。它绕着铁丝网跑，想找隙口钻进去。铁丝网很严实，颗韧整整转了一圈，没找着一点破绽。它开始刨雪。雪低下去，一根木桩下出现了缝隙。颗韧塌下腰，伸长肩背一点点往里钻，几乎成功了，却发现脖子上的舞鞋带被铁网挂住，任它怎样甩头，也挣不脱身。饥饿和寒冷消耗了颗韧一半生命，刚才的疾跑则消耗了另一半，颗韧突然觉得一阵铺天盖地的疲倦。它不知那样卧了多久，贴地皮而来的风雪一刀一刀拉过它的脸，它湿透的皮毛被冻硬，刺毫一样根根奓立起来。它最后的体温在流失。

颗韧想到自己的藏獒家族，有与狼战死的，有被人杀害的，却从未有过死于寒冷的。想到这儿它使劲睁开眼，紧扣牙关，再做最后一次挣扭。当一声，那木桩子被它扯倒了。

而值班室的黄灯火一动不动。没人听见颗韧垂死的挣扎和完全嘶哑的吠叫。

颗韧感到自己六个月的生命在冷却。它最后的念头是想我们这几十条嗓门对它粗野的昵称："颗韧这狗东西！……"

在雪山上的我们把所有的道具箱、乐器箱、服装箱都浇上汽油，点燃，烧了四大堆篝火。半边山都烤化了，还烧掉谁半根辫子。总算没让谁冻死。这四堆冲天大火把山顶二十公里外的道班惊醒，他们给山下兵站发了电报。兵站派车把我们接下山时，才发现倒掉的木桩和被雪埋没的颗韧。

小周把颗韧揣在自己棉被里，跟他贴着肉。

谁说："它死个尿了。"

小周说："死了我也抱它。"

谁又说："咦，小周那狗日的哭了。"

小周说："你先人才哭。"

我们女兵也都跑来看颗韧，不吱声地坐一会儿，触触它冰凉的鼻尖，捏一把它厚实阔大的前爪。我们一下子想起颗韧从小到大所有的事情。谁把它耳朵掀起，轻声叫："颗韧，颗韧，颗韧……"

叫得几个女兵都抽鼻子。

下半夜三点了。小周突然把演出队的卫生员叫醒。

“给颗韧打一针兴奋剂！”

卫生员说：“去你的。死都死得硬翘翘的了！”

“它心还在跳！你摸！”

卫生员的手给小周硬拉去，揣到他棉被里。卫生员忙应付地说：“在跳、在跳。”

“那你快起来给它打一针兴奋剂！”

“我不打。我没给狗打过针，慢说是死狗。”

“它没死！”

“小周你再发神经，我叫队长啦！”卫生员说。

小周见他头一倒又睡着，忙把他那只大药箱拎跑了。我们女兵都等在门外，马上拥着小周进了兵站饭厅。炭火先就生起，一股热烘烘的炭气吹浮起我们的头发梢。

末席提琴手赵蓓绷紧脸，苍白细小的手上举着一支针管。她在颗韧的前爪上找了个地方，只见她嘴唇一下抿没了。针戳进去，颗韧仍是不动。我们没一个人说话。

眨眼都怕惊动赵蓓。

“好了。”赵蓓说，嘴唇被放出来。

小周看她一眼，马上又去看颗韧。他对我们说：“你们还不去睡。”假如这一针失败，他不愿我们打搅他的哀伤。

颗韧真的活转来，不知归功于兴奋剂还是小周的体温。小周一觉醒来，颗韧正卧在那儿瞪着他。小周说：“颗韧你个狗东西吓死老子了！”颗韧眨一下眼，咂几下嘴，它懂得自己的起死回生。它也晓得，我们都为它流了泪，为它一宿未眠。小周领着它走来时，我们正在列队出早操，几十双脚踏出一个节奏，像部机器。我们把操令喊成：“颗韧、颗韧。”

从此颗韧对我们这些兵有了新认识。它开始宽恕我们对它作下的所有的恶。它从此懂得了我们这些穿清一色军服的男女都有藏得很仔细的温柔。颗韧懂得它对于我们来说，并不是一条无关紧要的畜生，我们是看重它的，我们在它身上施予一份多余的情感。之所以多余，是因为我们是作为士兵活着，而不是作为人活着；我们相互间不能亲密，只得拿它亲密，这亲密到它身上往往已过火、已变态，成了暴虐。它从此理解了这暴虐中的温柔。

雪暴把我们困住了，在这个小兵站一耽四天。从兵站炭窑跑来一只柴瘦的狗，和颗韧咬了一整天的架。第二天两条狗就不是真咬了。边咬边舒服得哼哼。瘦狗有张瓜子脸，有双丹凤眼，还有三寸金莲似的尖尖小脚。我们都说这狗又难看，又骚情。不过颗韧认为它又漂亮又聪明。它高度只齐颗韧的肩胛，不是把嘴伸到颗韧胳肢窝里，就是伸到它的胯下。颗韧享受地眯上眼，我们叫它，它只睁一只眼看看我们。

“颗韧，过来，不准理那个小破鞋！”谁说。

它把尾巴尖轻轻蜷一蜷。它不懂“小破鞋”，也不懂我们心里慢慢发酵的妒忌。它奇怪地发现当它和瘦狗一齐在雪原上欢快地追逐时，我们眼里绿色的阴狠。我们团出坚实的雪球向瘦狗砸去，瘦狗左躲右闪，蛇一样拧着细腰。颗韧觉得它简直优美得像我们女兵在台上舞蹈。

瘦狗被砸中，难看地撇一下腿，接着便飞似的逃了。颗韧也想跟了去，却不敢，苦着脸向大吼大叫的我们跑回来。

谁扔给它一块很大的肉骨头，想进一步笼络它。

瘦狗在很远的地方站着，身体掩在一棵树后，只露一张瓜子脸。完全是个偷汉的小寡妇。

颗韧将骨头翻过来掉过去地看，又看看我们。它发现我们结束了午餐，要去装舞台了。没有一个注意它，它叼起那块肉骨头走了两步试试，没人追，便撇开腿向瘦狗跑去。瘦狗咧开嘴笑了，哈嗤哈嗤地迎上来。

它俩不知道我们的诡计。瘦狗刚一脱离树的掩护，我们的雪球如总攻的炮弹一样齐发。瘦狗给砸得几乎失去了狗形；尾巴在裆里夹没了，耳朵塌下，紧紧贴着脸。

颗韧愣得张开嘴，骨头落在地上。

它听我们笑，听我们说："来勾引我们颗韧！颗韧才多大，才六个月！"

"看它那死样，一身给跳蚤都咬干了！"

"勾引倒不怕，怕它过一身跳蚤给颗韧……"

我们以为颗韧被制住了，却不知颗韧从此每夜跑五六公里到炭窑去幽会瘦狗。我们发现时颗韧已是一身跳蚤。我们给它洗了澡，篦了毛，关它在房里，随它怎么叫也不放它出去。下半夜不止颗韧在叫，门外那条瘦狗在长一声短一声地呻唤，唤得颗韧在里面又跳脚又撞头。它只听瘦狗唤痛，却不知痛从哪来的。

我们当然知道。都是我们布置的。

清早我们跑出房，见那只捕兔夹子给瘦狗拖了两尺远。那三寸金莲给夹断了，血滴冻成了黑色。颗韧跑到瘦狗面前，瘦狗的媚眼也不媚了，半死一样略略翻白。

颗韧急急忙忙围着它奔走，不时看我们。我们正装行军车，准备出发，全是一副顾不上的表情。颗韧绕着瘦狗越走越快，脚还不断打跌。我们不知道那是狗捶胸顿足的样子；那是颗韧痛苦、绝望得要疯的样子。

颗韧这时听见尖厉而悠长的出发哨音。

瘦狗嘴边溢出白沫，下巴沉进雪里。

颗韧看着我们。我们全坐上车，对它嚷：“颗韧，还不死上来！……”

它终于上了车，一声不吭，眼睛发愣。冯队长那声乌鸦叫都没惊动它。

颗韧一直愣着，没有回头。它明白它已失去瘦狗，它不能再失去我们。

过了康定再往东，雪变成了雨。海拔低下来，颗韧趴在小周的鼓边上看我们演出，它发现我们的动作都大了许多，跳舞时蹦得老高，似乎不肯落下来。

这是个大站，我们要演出七场，此外是开会，练功。

一早颗韧见小周拎着乐谱架和鼓槌儿往兵站马棚走，头在两肩之间游来游去。突然他头不游了；他正对面走来了赵蓓。赵蓓也在这一瞬矫正了罗圈腿。小周看她一眼，她看小周一眼。两人擦肩而过，小周再看她一眼，她又还小周一眼。

小周开始照乐谱练鼓，两个鼓槌儿系在大腿上。从每一记的轻重，他能判断鼓音的强弱。颗韧发现他今天不像往日那样，一敲就摇头晃脑。今天他敲一会儿就停

◆颗韧最懂的是『出发』。每天清早，随着一声长而凄厉的哨音，它总是早早等在车下，两只前爪搭上第二阶车梯，两个后爪猛一蹬地，准确着陆在第一层梯阶上。再一眨眼，它已进了车厢。

下，转过脸，眼睛去找什么。赵蓓的琴音给风刮过来刮过去，小周不知道她在哪里。

颗韧观察他的每一举动。等他转回脸发现颗韧洞悉的目光，他顺手给它一槌，说：“滚。”

等小周把头再一次转回，见枯了的丝瓜架后面两个人走过来。他俩半藏半汉，一把大提琴夹在胳肢窝下面。

小周问：“老乡，你琴哪找的？”

老乡说：“偷的。就在那边一个大车上还多！”两人说着，大模大样跨上牦牛。

颗韧感到小周在它背上拍的那记很重。小周说：“颗韧，不准那两个龟儿子跑！去咬死他们……”

颗韧没等他说完已蹿出去，跑得四腿拉直。它追到那两头牦牛前面，把身子横在路上。小周解下一匹马，现学上马、使戟，嘴里嘟囔着驱马口令和咒骂，也追上来。

两个老乡策动牦牛轮流和颗韧纠缠又轮流摆脱它。小周喊：“咬他脚！咬他脚！”

颗韧不听指挥，扑到哪是哪，咬一口是一口。

"咬他脚笨蛋！"

颗韧见歪歪扭扭跑来的马背上，小周忽高忽低，脸容给颠得散一会儿、聚一会儿。眼看马追近了，却一个跳跃把小周甩下来。

颗韧一愣，舌头还留在嘴外。马拖着小周拐下了小路。颗韧没兴致再去追那两人，愣在那儿看小周究竟怎么了。它不懂这叫"套蹬"，是顶危险的骑马事故。

马向河滩跑，被倒挂的小周还不出一点声，两只眼翻着，身体被拖得像条大死鱼。

河滩枯了，净是石蛋儿。颗韧听见小周的脑勺在一块大石蛋儿磕得崩脆一响，石蛋上就出现一道血槽。颗韧认得血。它发狂地对马叫着。它的声音突然变了，不再像犬吠，而像是轰轰的雷。

马在颗韧嗓音变的一刹那跑慢了，然后停住。颗韧喘得呼呼的，看看马，又看看没动静的小周。马这时看见不远处的草，便拖着小周往那儿遛，颗韧呵斥一声，马只得止步。颗韧开始浑身上下拱小周，他仍是条死鱼。颗韧一样样捡回他沿途落下的东西：钢笔、帽子、鞋，它将东西一一摆在小周身边，想了想，叼起一只鞋便往兵站跑。

它跑到一垛柴后面，赵蓓正在练琴。它把前爪往她肩上一搭，嗓子眼里怪响。

“死狗，疯！”赵蓓说。她不懂它那满嘴的话。

它扯一扯颈子，呜的一声。颗韧好久没这样凄惨地吠叫了。赵蓓顿时停住琴弓，扭头看它。这才看见它叼来的那只鞋。她认出这草绿的，无任何特征的军用胶鞋是小周的。

颗韧见她捧着鞋发愣，它上前扯扯她的衣袖，同时忙乱地踏动四爪。

赵蓓跟着颗韧跑到河滩，齐人深的杂草里有匹安详啃草的马。再近些，见草里升起个人。

赵蓓叫：“小周！”

听叫，那人又倒下去。

赵蓓将小周被磨去一块头皮的伤势查看一番，对急喘喘跑前跑后的颗韧说：“去喊人！”

颗韧看着她泪汪汪的眼，不动。任她踢打，它不动。

它让她明白：它是条狗；狗是喊不来谁的。

赵蓓很快带着卫生员和冯队长来了。

小周的轻微脑震荡，以及严重的头部外伤十天之后才痊愈。十天当中，我们在交头接耳：“你说，颗韧为什么头一个去找赵蓓？”

“你说，颗韧是不是闻出了小周和赵蓓的相投气味？”

我们都怪声怪气笑了，同时把又憨又大的颗韧瞪着，仿佛想看透它那狗的容貌下是否藏着另一种灵气，那洞悉人的秘密的灵气。

颗韧疏远了我们。它不再守在舞台边，守着小周那大大小小一群鼓。它给自己找了个事做。它认为这事对我们生硬的军旅生活是个极好的调剂。它很勤恳地干起来。它先是留神男兵女兵们的眉来眼去。很快注意到一有眉眼来往，势必找到借口在一块儿讲话。再往后，这对男兵女兵连废话都讲完了，常是碰了面便四周看看，若没人，两人便相互捏捏手，捏得手指甲全发了白，才放开。在行军车上，男兵女兵混坐到一块儿，身上搭伙盖件皮大衣，大衣下面全是捏得紧紧的一双双手。有次颗韧见一车人都睡着了，车颠得凶猛，把大衣全颠落，那一双双紧缠在一起的手都暴露出来。却没人看见，独独颗韧看见了。

颗韧每晚是这样忙碌的：它先跑进女兵宿舍，在床边寻觅一阵，鼻子呼哧呼哧地嗅，然后叼起一只红拖鞋（抑或是绿拖鞋、粉拖鞋、奶白拖鞋），飞快地向男兵宿舍跑。它不费事就找到了那个跟红拖鞋的主人暗中火热的男兵。颗韧仔细将女兵的拖鞋搁在男兵床下，既显眼又不碍事。然后它连歇口气都顾不上，立刻叼起那男兵的一只皮鞋（抑或棉鞋、胶鞋、舞鞋），再跑回女兵宿舍，将男鞋摆在那女相好床上。有时颗韧兴致好，还会把鞋搁进被窝。再就是它心血来潮，不要鞋了，改成内裤或乳罩。

到了内裤这一步，我们就不再敢偷偷甜蜜了。我们开始感到大祸临头。谁也没往颗韧身上去想。开始大家都假装是粗心，错拿了别人东西，找个方便时间，把东西对换回来便是。久了，这样的对换便给男女双方造成一份额外的接触。于是，混沌的大群体渐渐被分化成一双一对，无论我们怎样掩饰，怎样矢口抵赖，这种成双成对仍是一日比一日清晰。我们困惑极了，想不出自己的体己小物件怎么会超越我们的控制，私奔到男兵那里。我们甚至想到“宿命”和“缘分”之类的诠释。当这样的奇事发生得愈加频繁时，我们不再嘻嘻窃笑，我们感到它是个邪咒：它将我们行为中小小的不轨，甚至仅仅是意念中的犯规，无情地揭示出来。

我们怎么也没想到颗韧。是它在忙死忙活地为我们扯皮条。它好心好意地揭露我们的青春萌动，同时出卖了我们那点可怜的秘密。它让我们都变成了嗅来嗅去的狗，去嗅别人发情症候。没有颗韧的揭示和出卖，我们的越轨应该是安全的。在把内裤和乳罩偷偷对换回来时，我们感到越来越逼近的危险。然而我们控制不住，这份额外的接触刺激着我们作为少男少女的本能。

在恐惧中，我们尝试接吻，试探地将手伸到对方清一色的军服下面。我们怎么也不会想到，是颗韧这狗东西使我们一步步走到不能自拔的田地。

颗韧也没想到，它成全我们的同时也毁了我们。终于有一对人不顾死活了。半夜他俩悄悄溜出男女宿舍，爬进行军车。我们也悄悄起身，冯队长打头，将那辆蒙着厚帆布的车包围起来。

黑暗中那车微微打颤。

我们都清楚他俩正做的事，那是我们每个人都想做而不敢做的。只有让他俩把事做到这一步，我们才会像一群观看杀鸡的猴子，被唬破胆，从此安生。我们需要找出一对同伴来做刀下的鸡。我们需要被好好唬一唬，让青春在萌芽时死去。

冯队长更明白这一点，他的青春在二十年前就死光了。他捺住不断刨脚的颗韧，看一眼表。他心没狠到家，想多给他俩一点时间，让他俩好歹穿上衣服。他从表上抬起脸，很难说那表情是痛苦还是恶毒。他说："小崔、李大个儿两个同志，砍绳子！"

绳子一断，车篷布唰啦落下来。里面的一对男女像突然被剥出豆荚的两条虫子，蠕动尚未完全停止，只等人来消灭。那是很美丽很丰满的两条虫子，在月光下尤其显得通体纯白。

我们全傻了，仿佛那变成了虫的男女士兵正是自己；那易受戳伤的肉体正是自己的。

“不准动！”冯队长的乌鸦音色越发威严，“把衣服穿起来！”

谁也不顾不挑剔冯队长两句口令的严重矛盾。

“听见没有？穿上衣服！”

我们都不再看他俩。谁扯下自己的衣服砸向赵蓓。赵蓓呜呜地哭起来，赤裸的两个肩膀在小周手里乱抖。小周将那衣服披在她身上。

女兵们把赵蓓搀回宿舍，她呜呜地又哭了一个钟头。天快亮时，她不哭了。听见她翻纸，写字，之后轻轻出了门。谁跟出去，不久就大叫：“赵蓓你吃了什么？”都起来，跑出门，赵蓓已差不多了，嘴角溢出安眠药的白浆，一直溢到耳根。

赵蓓没死成。拖到军分区医院给救了过来。但她不会回来了，很快要作为“非常复员”的案例被遣送回老家去。小周成了另一个人，养一脸胡子，看谁都两眼杀气。很少听他讲话，他有话只跟颗韧唠唠叨叨。

一天，我们突然看见颗韧嘴里叼着一只紫罗兰色的拖鞋。这下全明白了。那是赵蓓和小周的事发生五天之后。

只听一声喊：“好哇！你这个狗东西！”

顿时喊声喧嚣起来：“截住那狗东西！截住颗韧！”

颗韧抬起头，发现我们个个全变了个人。它倒不舍得放弃那只拖鞋，尽管它预感到事情很不妙了。这回贼赃俱在，看它还往哪里跑！

颗韧在原地转了个圈，鞋子挂在它嘴上。它眼里的调皮没了。它发现我们不是在和它逗，一张张紧逼过来的脸是铁青的，像把它的兄姊吊起剥皮时的脸。它收缩起自己的身体，尽量缩得小些，尾巴没了，脖子也没了。

它越来越看出我们来头不善。我们收拢了包围圈，在它眼里，我们再次大起来，变得庞大如山。它头顶的一片天渐渐给遮没了。

谁解下军服上的皮带，铜扣发出阴森的撞击声。那皮带向颗韧飞去。颗韧痛得打了个滚。它从来没尝过这样结实的痛。

“别让它逃了！……”

颗韧见我们所有的腿林立、交叉、成了网，它根本没想逃。

“揍死它都是它惹的事！”

脚也上来了，左边一下，右边一下，颗韧在中间翻滚跌爬。小周手里被人塞了条皮带。

“揍啊！这狗东西是个贼！”人怂恿小周。

小周不动，土匪样的脸很木讷。紫罗兰的拖鞋是赵蓓的，她人永远离开了，鞋永远留下了。他从地上拾起鞋，不理睬我们的撺掇：“还不揍死这贼娃子！……”

我们真正想说的是：揍死颗韧，我们那些秘密就从此被封存了：颗韧是那些秘密的唯一见证。我们拳脚齐下，揍得这么狠是为了灭口。而颗韧仍是一脸懵懂。

它不知道它叛卖了我们，它好心好意地撮合我们中的一双一对，结果是毁了我们由偷鸡摸狗得来的那点可怜的幸福。

小周唰地给了颗韧一皮带。

我们说：“打得好！打死才好！”

小周没等颗韧站稳又给它一脚。

颗韧被踢出去老远，竟然一声不吭。勉强站稳后，它转回脸。

一线鲜血从它眼角流出来。它看我们这些杀气腾腾的兵从绿色变成了红色。

“这狗是个奸细！”

“狗汉奸！”

血色迷蒙中，它见我们渐渐散开了。它不懂我们对它的判词，但它晓得我们和它彻底反目。第二天清早出发，我们一个个板着脸从它身边走过，它还想试探，将头在我们身上蹭一蹭，而我们一点反应都没有。哨音起，我们上了车，它刚把前爪搭上车梯，就挨了谁一脚，同时是冷冰冰的一声喝：“滚！”

它仰着脸，不敢相信我们就这样遗弃了它。

车开了。颗韧站在那里，尾巴伤心地慢慢摆动。它望着我们两辆行军车驶进巨大一团晨雾。我们都装没看见它。我们绝不愿承认这遗弃之于我们也同等痛苦。

中午我们到达泸定兵站，突然看见颗韧立在大门边。猜测是它被人收容了，新主人用车把它带到这里。然而它那一身红色粉尘否定了前一个猜测：它是一路跟着我们的车辙跑来的。沿大渡河的路面上是半尺厚的喧腾红土，稍动，路便升起红烟般的细尘。它竟跑了五十公里。

我们绝不愿承认心里那阵酸疼的感动。

它远远站着，看我们装舞台，彼此大喊大叫地斗嘴、抬杠，就像没有看见它。它试探地走向小周，一步一停，向那一堆它从小就熟悉的鼓靠拢。小周阴沉地忙碌着，仿佛他根本不记得这条风尘仆仆的狗是谁。

小周的冷漠使颗韧住了步。在五米远的地方，它看着他，又去看我们每一个人，谁偶尔看它一眼，它便赶紧摆一摆尾巴。

我们绝不愿与它稀里糊涂讲和。

演出之后的夜餐，我们围坐在一起吃着。都知道它在饭厅门口望着我们。也都知道它整整一天没吃过东西。但谁也不吱声，让它眼巴巴地看，让它尴尬而伤心地慢慢摇尾巴。这样第二天它就不会再死皮赖脸跟着了。

然而第二天它仍跟着。

到了第三天，我们见它薄了许多，毛被尘土织成了网。这是最后一个兵站，过了它，就是通往成都的柏油大道。意思是，我们长达八个月的巡回演出告终了。绝不能让这只丧家犬跟我们回营区，必须把我们与它的恩怨全了结在这里。

几个往西藏去的军校毕业生很快相上了颗韧。他们不知道它与我们的关系，围住它，夸它神气英俊。其中一人给了它一块饼干，颗韧有气无力地嗅嗅，慢慢地开始咀嚼。毕业生们已商量妥当，要带这只没主的狗去拉萨。他们满眼钟情地看它吃，像霸占了个女人一样得意。

我们都停下了化妆，瞪着毕业生们你一下我一下地抚摸颗韧。我们从不这样狎昵地摸它。

小周突然向他们走去。我们顿时明白小周去干吗，一齐跟在后面。

“嗨，狗是我们的。”小周说，口气比他的脸还匪。

“你们的？才怪了！看你们车先开进来，它后跑来的！亲眼看到它跑来的！”一个毕业生尖声尖气地说。

另一个毕业生插嘴：“看到我们的狗长得排场，就来讹诈！”

小周上下瞥他一眼：“你们的狗？”

所有毕业生立刻形成结盟，异口同声道：“当然是我们的狗！”

小周转向我们，说：“听到没有：他们的狗！”

“你们的狗，怎不见你们喂它？”他们中的一个四眼儿毕业生逮着理了。

我们理亏地缄默着。

“就是，这个狗差不多饿死了，”另一个毕业生说，“刚才我看见它在厨房后头啃花生壳子！”

得承认，颗韧的消瘦是显著的。我们不顾冯队长“换服装！换服装！”的叫喊，和毕业生们热烈地吵起来。不一会儿，粗话也来了，拳脚也来了。

冯队长大发脾气地把架给拉开了。他把我们往舞台那边赶，我们回头，见那四眼儿正在喂颗韧午餐肉罐头。

小周站住了，喊道：“颗韧！”

颗韧倏地抬起头。它不动，连尾巴都不动。

四眼儿还在努力劝餐，拿罐头近一下远一下地引逗它。毕业生们不知道这一声呼唤对颗韧的意味。

我们全叫起来：“颗韧！”

它还是一动不动，尾巴却轻轻动了，应答了我们。

冯队长说：“谁再不听命令，我处分他！”

我们把手拢住嘴，一齐声地喊：“颗韧！”我们叫着，根本听不见冯队长在婆婆妈妈威胁什么。

颗韧回来了，一头扎进我们的群体。它挨个和我们和好，把它那狗味十足的吻印在我们手上、脸上、头发上。队伍里马上恢复了它那股略带臭味的、十分温暖的体臭。

这样，颗韧和我们更彻底谅解了。我们日子里没有了恋爱，没有了青春，不能再没有颗韧。

颗韧进城半年后长成一条真正的藏獒，漂亮威风，尾巴也是沉甸甸的。它有餐桌那么高了。它喜欢卖弄自己的高度，不喝它那食钵里的水，而是将脖子伸到洗衣台上，张嘴去接水龙头的水滴。它还喜欢向我们炫耀它的跑姿：冯队长训话时，它就从我们队列的一头往另一头跑，每一步腾跃出一个完整的抛物线。渐渐地，军区开始传，演出队改成马戏团了院里不晓得养了头什么猛兽。

有了颗韧我们再没丢过东西。过去我们什么都行丢，乐器、服装、灯泡，丢得最多的是军服。正是军服时髦的年代，有时贼们偷不到完整的军服，连烂成拖把的也偷走，剪下所有的纽扣再给我们扔回来。炊事班则是丢煤、丢米、丢味精。自从颗韧出现在演出队营地，贼们也开始传：演出队那条大畜生长得像狗，其实不晓得是啥子，凶得很！你一只脚才跨过墙，它嘴就上来了！那嘴张开有小脸盆大！咬到就不放，给它一刀都不松口，硬是把裤子给你扯脱！

一个清晨我们见颗韧胸脯血淋淋的端坐在墙下，守着一碗咸鸭蛋，嘴里是大半截裤腿。幸亏它毛厚，胸大肌发达，刀伤得不深，小周拿根缝衣针消了毒，粗针大麻线把刀口就给它缝上了。

是个星期六，我们都请出两小时假上街去洗澡、寄信、照相，办理一个礼拜积下来的杂事。我们看到司令员的孙女蕉蕉被一个老师抱出来，转递给了警卫员。正要将她抱进车，她突然拍拍警卫员的脑壳，叫道："站住！"

她看见了在我们中间的颗韧。这黄毛公主倒不像一般孩子那样怕颗韧，她停止咀嚼嘴里的糖果，眼睛盯着我们这条剽悍俊气的狗兄弟。

"过来！"蕉蕉说。神色认真而专横。

颗韧不睬。

"过来哎，狗你过来！"蕉蕉继续命令，像她一贯命令那个塌鼻子警卫员。警卫员真的过来了，请她快上车，别惹这野蛮畜生。

蕉蕉朝我们这边走来，一边从嘴里抠出那嚼成了粪状的巧克力，托在小手心里，朝颗韧递过来。

颗韧感到恶心，两只前爪猛一退，别过脸去。它还不高兴蕉蕉对它叫唤的声调：“哎，狗！你吃啊！”它从没见过这么小个人有这么一副无惧无畏的脸。

“哎你吃啊！吃啊！”蕉蕉急了，伸手抓住颗韧的颈毛。颗韧的脸被揪变了形，眼睛给扯吊起来。

我们听见不祥的呜呜声从颗韧脏腑深处发出。

“放了它！”谁说。

“就不！”蕉蕉说。

“它会咬你！”

“敢！”

警卫员颠着脚来时已晚了。颗韧如响尾蛇般迅捷，甩开那暴虐的小手，同时咬在那甘蔗似的细胳膊上。

蕉蕉大叫一声“爷爷！”一屁股跌坐在地上。她的哭喊把一条街的居民都惊坏了。

颗韧并不知道自己闯下的塌天之祸，冷傲地走到一边，看着整个世界兵荒马乱围着公主忙。它听我们嚷成一片：“送医……快找……院急救……犬咬药……室去……打电……怕是狂……话给司……犬症……令员……叫救命……狂犬症……车快来不然……电话占……司令员……线，鬼医生谈恋爱去了……司令员来了……”

司令员来时，颗韧已被我们藏好。怕它出声，我们给塞了四粒安眠药，加上些烧酒。司令员走进大门时，颗韧已裹在毯子里睡得比死还安静。

我们全体站得像一根根木桩，屁股夹得生疼。司令员个头不高，肚子也不像其他首长那么大。他站在我们队伍前面，眉毛是唯一动作的地方。那眉毛威严果敢，像两支黑白狼毫混制的大毛笔。

“狗在哪里？”他拿眉毛把我们全队扫一遍。

不吭声，连鼻息都没有。

“那只狗在哪里？嗯？”

我们中的谁壮了胆说：“不晓得……”

冯队长向司令员打个千儿：“我刚才找过了楼上楼

下都找了，不知它跑哪儿去了。”

司令员说：“屁话。谁把它藏了。”

冯队长笑笑：“藏是藏不住的，您想想，那是个活畜生，不动它至少会叫……”

司令员想了片刻，认为冯队长说得有点道理。冯队长并不知道我们的勾当。司令员这时意识到如此与我们理论下去也失体统，更失他的将军风度。他准备撤了。临走，他恳切由衷地叹口气，说：“像什么话？我们是人民的军队，是工农子弟兵！搞出什么名堂来了？斗鸡走狗，这不成了旧中国的军阀了？兵痞了？……幸亏咬的是我的孩子，要是咬了老百姓，普通人家的孩子，怎么向人民交代？嗯？”

我们心情沉重地目送司令员进了那辆黑色的巨型轿车。事情的确闹大了，我们停止了练功、排练，整天地集体禁闭，检讨我们的思想堕落。司令员给三天限期，如果我们不交出颗韧，他就撤冯队长的职，解散演出队。

第三天早晨，冯队长集合全队，向我们宣布：中午时分，司令员将派半个警卫班来逮捕颗韧，然后带它到郊区靶场去执行枪决。

冯队长说：“我们是军人，服从命令听指挥是天职……”

我们不再听他下面的训诫，整个队列将脸朝向左边，左边有个大沙坑，供我们练跳板的，此时颗韧正在那儿戏沙，戏得一头一身，又不时兴高采烈地跳出来，将沙抖掉。这是它来内地的第一个夏天，扛不住炎热，便常常拱进沙的深处，贪点阴凉。它渐渐留心到我们都在看它，也觉出我们目光所含的水分，它动作慢下来，最后停了，与我们面面相觑。

它不知道自己十六个月的生命将截止在今天。

冯队长装作看不见我们心碎的沉默，装作听不见小周被泪水噎得直喘。他布置着屠杀计划：“小周，你负责把口嚼子给它套上，再绑住它的爪子。……小周，听见没有？它要再咬人我记你大过！”

小周哼了一声。

“别打什么馊主意，我告诉你们，躲得了和尚躲不了庙，司令员是要见狗皮的…… 都听清楚没有？”

我们都哼一声。

颗韧觉出什么不对劲，试探地看着我们每一张脸，慢慢走到队伍跟前。

“你们那点花招我全知道。什么喂它安眠药啦，送它到亲戚老表家避一阵啦。告诉你们，”冯队长手指头点着我们，脸上出现一丝惨笑，“今天是没门儿！收起你们所有的花招！”

颗韧发现这一丝惨笑使冯队长那人味不多的脸好看起来，它走过去，忽然伸出舌头，在冯队长手上舔了舔。这是它第一次舔这只干巴巴的、没太多特长只善于行军礼的手。冯队长的脸一阵轻微痉挛。颗韧突至的温情使他出现了瞬间的自我迷失。但他毕竟是二十几年的老军人，已是扼杀情感的老手。他定下来，踢了颗韧一脚；那么不屑，仿佛它已不是个活物。

颗韧给踢得踉跄一步，定住神，稍稍偏过脸望着冯队长。那样子像似信非信，因为冯队长在踢的这一脚里流露的无奈，它感受到了。

午饭时我们的胃像是死了。小周把他那份菜里的两块肉放进颗韧的食钵，我们都如此做了。颗韧一面吃一面不放心地回头看完全呆掉的我们。它看见我们的军装清一色地破旧，我们十六七岁的脸上，有种认命之后的沉静。

我们都看着颗韧，想着它十六个月的生命中究竟有多少欢乐。我们想起它如何围着那只苗条的小母狗不亦乐乎，以及它们永别时它怎样捶胸顿足。

我们无表情地拍着它大而丰满的脑袋，它并不认识小周手上的狗笼头，但它毫无抗拒地任小周摆布，半是习惯，半是信赖。就像我们戴上军帽穿上军服的那一刻，充满信赖地向冯队长交付出自由与独立。

直到它看见自己的四肢被紧紧缚住时，颗韧才意识到它对我们过分信赖了。它眼睛大了起来，渐渐被惶恐膨胀了。它的嘴开始在笼头下面甩动，发出尖细的质疑。

随后它越来越猛烈地挣扭，将嘴上的笼头往地上砸，有两回它竟站立起来，以那缚到一块的四肢，却毕竟站不住，一截木头似的倒下。它不明白我们为什么要这样对它，将眼睛在我们每一张脸上盯一会儿。

我们都不想让它看清自己，逐步向后退去。

颗韧越来越孤独地躺在院子中央，眼睛呆了，冷了，牙齿流出的血沾湿了它一侧脸。

一个下午等掉了，警卫团没人来。颗韧就那么白白被绑住，它厚实的毛被滚满土，变成了另一种颜色。

我们都陪着它，像它一样希望这一切快些结束。冯队长来叫我们去政治学习，一个也叫不动。他正要耍威风，但及时收住了：他突然见这群十六七岁的兵不是素来的我们，每人眼里都有沉默的疯狂，跟此刻的颗韧一模一样。冯队长怕我们咬他，悄悄退去。

下午四点多，那个拉粪的大爷来了，见我们和狗的情形，便走上来，摸两把颗韧。

“你们不要它就给我吧。”大爷说。

我们马上还了阳，对大爷七嘴八舌：“大爷，你带走！马上带走，不然就要给警卫团拉去枪毙了！……”

“它咬人？”大爷问。

“不咬不咬！”小周说。

“那它犯啥子法了？”

“大爷，我担保它不咬你！”小周恳求地看着这黑瘦老农。

“晓得它是条好狗品种好！”大爷又拍拍颗韧，摸到它被缚的脚上，“拴我们做啥子，我们又不咬人。”他口里絮叨着，开始动手给颗韧松绑。

颗韧的眼神融化了，看着大爷。

“有缘分哟，是不是？”大爷问颗韧，“把我们拴这样紧，把我们当反革命拴哟！……”

我们都感到解冻般的绵软，如同我们全体得救了，如同我们全体要跟这贫穷孤苦的大爷家去。

小周也凑上去帮大爷解绳。我们对大爷嘱咐颗韧的生活习性，还一再嘱咐大爷带些剩菜饭走：一向是我们吃什么颗韧吃什么。

大爷一一答应着。也答应我们过年节去看颗韧。

绳子就是解不开。我们几个女兵跑回宿舍找剪子。剪子来了，却见五六名全副武装的大兵冲进院子，说是要马上带颗韧去行刑。

冯队长不高兴了，白起眼问他们："你们早干啥去了？"

小周说："狗已经不是我们的了，是这个大爷的了！"

"管它是谁的狗，司令员命令我们今天处死它！"兵中间的班长说。

"狗是大爷的了！"我们一起叫嚣起来，"怎么能杀人家老百姓的狗！……"

"你们不要跟我讲，去跟司令员讲！"班长说，脸上一丝杀人不眨眼的笑。

大爷傻在那里。

小周对他说："大爷，你带走！天王老子来了，我们担当就是了！"

班长冷笑："唉，我们是来执行命令的，哪个不让我们执行，我们是丈人舅子统不认。"他对几个兵摆头，"去，拉上狗走路！"

大兵上来了，小周挡住他们："不准动它，它是老百姓的狗……”

我们全造了反，嚷道：“对嘛，打老百姓的狗，是犯军纪的……”

“打老百姓的狗，就是打老百姓！”

班长不理会我们，只管指挥那几个兵逮狗。

颗韧明白它再不逃就完了。它用尽全身气力挣断了最后一圈绳索，站立起来。

我们看见它浑身毛耸立，变得惊人的庞大。

大爷也没想到它有这样大，愣愣地张开嘴。

颗韧向门口跑去，我们的心都跟着。大兵们直咋呼，并不敢跟颗韧交锋。班长边跑边将冲锋枪扯到胸前。

“不准让它跑到街上！……”班长喊，“上了街就不要想逮它回来了！……”

颗韧闪过一个又一个堵截它的兵。

“开枪！日你妈你们的枪是软家伙！……”

班长枪响了。已跑到门台阶上的颗韧愣住。它想再看我们一眼，再看小周一眼。它不知道自己半个身子已经被打掉了，那美丽豪华的尾巴瞬间便泡在血里。疼痛远远地过来了；死亡远远地过来了，颗韧就那样拖着残破的后半截身体，血淋淋地站立着。它什么都明白了。

我们全发出颗韧的惨叫。因为颗韧一声不响地倒下去。它在自己的血里沐浴，疼痛已碾上了它的知觉，它触电般地大幅度弹动。

小周白着脸奔过去。他一点人的声音都没有了，他喊："你先人板板你补它一枪！"他扯着班长。

班长说："老子只有二十发子弹！……"

小周就像听不见："行个好补它一枪！"

颗韧见是小周，黏在血中的尾巴动了动。它什么都明白了：我们这群士兵和它这条狗。

小周从一名兵手里抓过枪。

颗韧知道这是为它好。它的脸变得像赵蓓一样温顺。它闭上眼，那么习惯，那么信赖。

小周喂了它一颗子弹。我们静下来；一切精神心灵的抽搐都停止了。一块夕阳降落在宁静的院子里。

大爷吱嘎吱嘎拉着粪车走了。

小周年底复员。他临走的那天早上，我们坐在一块儿吃早饭。我们中的谁讲起自己的梦，梦里有赵蓓，还有颗韧。小周知道他撒谎。我们都知道他撒谎。颗韧和赵蓓从来不肯到我们军营的梦里来。不过我们还是认真地听他讲完了这个有头有尾、过分完整的梦。